키시로베한은
장난않는다치지

단편소설집

키시베 로한은 장난치지 않는다

original concept
아라키 히로히코

서현아 옮김

키타구니 발라드
미야모토 미레이
요시가미 료

CONTENTS

행복의 상자

키타구니 발라드

그 〈방〉의 폐쇄감은 마치 상자 같았다.

장마가 머지않은 점심나절의 일이다.

키시베 로한岸辺露件은 초대를 받아 어떤 남자의 자택에 와 있었다.

〈기묘〉한 물건을 보여주고 싶다는 청에 마지못해 응한 것이다. 주간연재를 소화하면서 일주일에 삼사일은 쉴 수 있는 로한이라도 가능하면 쓸모없는 일로 시간을 낭비하고 싶지 않았지만, 그런 단서가 붙은 이상 뭐가 어떻게 〈기묘〉한지 궁금해질 수밖에 없다.

하지만… 건축된 지 썩 오래되지 않은 크림색 집의 아담한 응접실로 안내를 받은 시점에서 로한은 이미 진력을 내고 있었다.

인테리어 취향이 나쁘다.

미적 감각을 갈고닦아온 로한의 눈에 비치는 실내는 조잡하기가 마치 창고 같았다. 아니… 굳이 말하자면 그곳은 그저 인간을 수용하기 위한 상자에 불과해 보였다.

그런 로한이 금세 진저리를 치고 돌아가버리지 않은 것은, 그 남자가 혼자 살지 않는다는 사실에 당혹했기 때문이었다.

"편히 앉으세요."

"……"

밤색 머리의 여성이 두 사람 몫의 홍차를 두고, 공손히 머리를 숙이고는 물러간다.

콧날이 오뚝하고 눈동자가 맑은 용모. 너무 여위지도 통통하지도 않은 몸매는 조각처럼 균형이 잡혀 있었다.

로한이 보기에도 아름답다고 생각할 만한 생김새의 여성이었다. 로한도 여성의 미에 관심이 있다. 여행을 함께할 가이드 등은 기왕이면 아름다운 여성이 좋겠다고 생각할 정도로는.

"결혼한 줄은 몰랐군."

로한은 눈앞의 남자를 보았다.

"뜻밖이셨습니까?"

"그야 그럴 수밖에."

진심에서 우러난 목소리였다.

애초에 이 남자가 인간에게 관심을 갖는다는 것 자체가 뜻밖이었다. 아직도 반신반의인 로한은 짓궂은 말을 던져버린다.

"대체 무슨 변덕이 난 거지? 처가가 명망 있는 자산가이거나, 유통 쪽에 큰 연줄이라도 있나? 순애보니 뭐니보다는 어금니에 다이아몬드가 박혀 있어서 그랬다는 대답이 차라리 수긍이 가겠는데."

그러나 아내로 맞은 여성에 대해 이야기하는 남자는 불쾌한 기색이 없었다.

"순수한 사랑인걸요. 그저 사랑해서 결혼했을 뿐… 아내는 제 자랑거리입니다."

"사라앙?"

"사랑이죠. 결혼기념일도 매년 꼬박꼬박 챙긴다고요."

"제정신으로 하는 소리야? 데즈카 오사무가 '사실은 만화가가 아니라 정치가가 되고 싶었다'고 했다는 게 오히려 믿어지겠군."

"거짓 없이, 사랑입니다. 조각처럼 균형 잡힌 외모… 그러면서도 눈치 빠르고 싹싹하고, 꽃을 사랑하는 상냥한 마음씨까지 갖춘… 외모만이 아니라 그 마음씨가 진정 매력적인 여성. 그녀는 그런 사람이에요."

"…아니, 너무 수상해. 꽃이 어쩌니, 마음의 아름다움이 어쩌니… 자네가 그런 캐릭터였나? 머리라도 다친 것 아니야? 혹시 열이 있다고 말해준다면 나는 주저 없이 돌아갈 수 있겠군."

"선생님… 확실히 저는 칭찬받을 만한 인격자는 아닙니다. 그래도 명색이 남자긴 하거든요. 남자가 여자에게 바라는 것은 무엇보다도 〈안식〉입니다. 아무리 멀리 여행을 가도, 정든 집으로 돌아갔을 때 웃으며 맞아주고 그간의 피로를 풀어주는 〈안식〉… 그 온기는 피가 통하지 않는 도자기보다 훨씬 분명하게, 그 훌륭함을 이해하게 해주죠! 그런 여성을 만난 행운을 저는 결혼이라는 형태로 음미하고 있을 뿐입니다. 선생님도 결혼을 해보면 아실 거예요."

"그럴까～…?"

너무나 뜻밖이어서 로한은 약간 '깨는' 기분이었다.

눈앞의 인물, 고잔 잇케이五山一京라는 남자는 〈고미술상〉이다.

농담처럼 들리는 이름이지만 본명이다.

결코 손해 보지 않으려는 성격 탓에, '친구로 사귀고 싶지는 않다'고들 하는 타입. 로한 역시 그 평가에는 찬성이다.

다만 믿을 만한 안목의 소유자로, 로한은 몇 번인가 고잔에게서 미술품을 구입한 바 있었다.

고잔이라는 남자는 바가지를 씌울지언정 위작을 팔아넘

기거나 돈만 받고 줄행랑치는 짓은 결코 하지 않는다. 상인으로서 자부심은 있는 남자다.

물론 서로의 꿍꿍이를 살피거나 흥정을 위한 블러핑은 일상다반사. 고잔은 조금이라도 값을 올리려 하지만 필요 이상의 돈을 이 남자에게 바치는 것은 사절이다.

고잔의 수단은 교활하면서 주도면밀하다. 그래서 로한도 수단을 가리지 않는다. 규칙은 필요 없지만 거래라는 틀에서는 벗어나지 않는 관계.

그런 아슬아슬한 신뢰가 있기에 로한은 오늘의 초대에 응한 것이다.

"…그나저나 방 한번 형편없군."

"그건 죄송하게 됐습니다."

"죄송한 정도가 아니지! 아무 개성 없이 정사각형으로 딱 자른 구조에. 할인매장에서 샀다고 써붙인 듯한 캐비닛! 게다가 뭐야, 저 아무렇게나 꽂아놓기만 한 CD며 책꽂이. 결정적으로 저 '편의점에서 경품으로 받긴 했지만 딱히 관심은 없는데~ 그래도 버리긴 아까우니 대충 장식해둘까?' 하는 듯한 피규어는. 얼마나 무신경하면 〈거북선인〉과 〈손오공〉 사이에 〈롤로노아 조로〉를 놓을 수 있어?"

"네에… 뭐, 일 때문에 집에는 잘 오지 않다보니… 이런 건 아내한테 다 맡기거든요."

"사람은 예쁘지만 미적 감각은 없나보군."

"아내를 모욕하면 가만있지 않겠습니다."

"…그럼 슬슬 본론으로 들어가는 게 어떨까? 나는 자네의 지겨운 부인 자랑이나 들으러 온 게 아니니까. 얼른 끝내고 이 방에서 나가고 싶어."

거래 상담이라면 할 가치는 있다.

그저 잡담이라면 되도록 하고 싶지 않다.

로한이 그렇게 생각한다는 것을 알기에 고잔은 바로 화제를 돌렸다.

"〈행복의 상자〉 ⋯⋯⋯⋯그렇게들 부르죠."

꾀죄죄한 보따리가 놓인 테이블을 끼고 그렇게 말하는 고잔을 로한은 노려봤다.

"아주 수상하게 들리는데 그래."

"이거야 원, 그럴 만도 하죠⋯ 저도 그렇게 생각할 정도니까요. 그래도 로한 선생님. 이 〈상자〉를 얻기 위해 터무니없는 금액을 낼 사람들이 줄을 섰거든요."

고잔은 인상이 좋지 않다.

눈썹이 엷고 눈이 가느다란 얼굴 생김새가 원인일 것이다. 그런 고잔이지만 상담을 할 때면 이따금 부엉이처럼 눈을 동그랗게 뜨고 애교 어린 표정을 지을 때가 있다.

그 갭이 거래할 때 좋은 방향으로 작용한다는 것을 로한은 알고 있었다.

"그래서? 그 터무니없는 금액을 내달라고 나를 불렀나? 미안하지만 나는 한 번 〈파산〉한 몸이니까. 진짜 영적인 물품이라면 관심이 아주 없지는 않지만, 싸구려 사기극에 걸려줄 여유는 없어."

"아뇨, 그게 아닙니다."

고잔은 바로 답했다.

"…아쉽지만 이번에는 상담을 하자는 것이 아닙니다. 그냥 이 〈상자〉를 봐주셨으면 하는 것뿐이에요."

로한은 시선만 테이블 위의 보따리로 옮겼다.

그래. 과연 상자 같은 모양새를 하고 있다. 하지만 그것은 이 응접실로 들어온 이후 한 번도 열리지 않았기 때문에 로한의 눈에는 아직 〈지저분한 입방체〉일 뿐이다.

"…자네의 〈보는 눈〉이 확실하다는 것은 알아. 솔직히 인간적으로는 의문이 들 때도 있지만… 미술품을 〈보는 눈〉만은 확실하지. 그 안목이 있기에 나도 자네와 거래를 하고 있는 거고."

"미술상은 눈이 어두워지면 죽은 것이나 마찬가지니까요. 회화도, 조각도, 도자기도… 진가를 알아보지 못하면 먹고살 수 없는 직업입니다."

"그래서 아내도 미인을 얻었다 그거군."

"인생에서 가장 성공한 〈감정〉이라고 생각합니다."

"그런 자네가… 보는 것이 전문이라는 자네가, 일개 고객에 불과한 나를 굳이 불러서 상품을 〈보기만〉 해달라니, 그게 선뜻 믿어지지 않는걸."

"아, 수상하게 들린다는 것은 압니다, 저도요. 다만 이 상자는 아무리 미술상의 안목을 동원하더라도 저는 볼 수 없거든요."

"뭐라고?"

"선생님, 이 상자에는 〈사연〉이 있답니다."

고잔은 네모난 보따리 위에 손을 얹고 물끄러미 로한을 보았다. 안 그래도 가느다란 그 눈이 이제는 실낱처럼 보인다.

고잔의 입이 음성을 내보내는 것이, 로한에게는 흡사 글씨를 눌러쓰듯 또렷하게 보였다.

"──듣자 하니, '이 상자에는 행복이 담겨 있다'더군요."

"…역시 미심쩍은 이야기인걸. 수상한 권유나 사이비 종교 물품을 강매하는 것 같은 기운이 물씬 풍겨."

"선생님, 전에 〈요괴〉를 만나신 적이 있다지 않았습니까."

"이봐."

로한은 저도 모르게 소파에서 몸을 내밀었다. 그가 뻗은 손가락 끝이 〈상자〉에 닿지 않도록, 고잔은 보따리를 슬쩍, 자기 쪽으로 끌어당겼다.

"이봐 이봐 이봐 이봐 이봐. 그런 이야기를 어디서 들었지? 적어도 내가 이야기한 적은 없을 텐데… 우선 자네 귀에 들어가는 것부터 달갑지 않은 일이니까."

"거래처 연줄이죠. 슈에이샤 사람과 친분이 있는 지인이 있어서…"

로한은 언젠가 있었던 일을 떠올렸다.

추상화가 〈드 스탈〉의 이름을 듣고 뮤지션이냐고 묻던 편집자가 있었다. 분명 그는 신입이었다. 그러니만치 특유의 허술한 태도가 더욱 눈에 띄는 남자였다.

기억 여행을 일단 거두고, 로한은 다시 고잔을 마주했다.

"그래서, 하고 싶은 말이 뭐지?"

"〈요괴〉가 보이는 로한 선생님이라면 이 〈상자〉를 다룰 수 있지 않을까 해서요. 저는 실패했기 때문에… 아니, 진짜 부탁드립니다."

"뭐라고? 그게 무슨… 이봐, 잠깐 기다려."

로한의 시야 끄트머리에서, 고잔이 자리를 떠났다. 너무나 당연하다는 듯 아무 망설임도 없이 방에서 나가려 한다.

"이봐 이봐 이봐 이봐. 어디로 가려는 거지? 이 상황에 기가 차서 나가고 싶은 것은 오히려 난데?"

"〈드 마고〉에 갑니다. 역 앞 카페… 가보신 적 없나요?"

"농담하나? 사람을 불렀으면서, 나 혼자 이 취향 고약한 방에 두고 가겠다고?!"

격앙이라기보다 당혹감이 더 컸다.

그러나 이 자리에서 언성이 거칠어지지 않는 것이 무리라는 것은 틀림없다.

"아, 그래도 아내가 끓이는 홍차는 일품입니다. 카페에서 파는 상품 못지않을걸요."

"지금 그걸 따지자는 게 아니잖아! 자네는 나를 놀리려고 불렀나? 아니면 이 지저분한 보따리를 갖고 나한테 흥정이 아니라 싸움을 걸려는 건가?!"

"그럴 생각은 일절 없습니다. 다만… 그 〈상자〉는 아무래도 다른 사람과 함께 들여다보면 안 되는 모양이에요."

그야말로 '잽싸게'라는 묘사에 어울릴 만큼 고잔의 발걸음은 빨랐다. 말을 얹을 틈도 주지 않겠다는 단호한 의지가 느껴졌다.

"로한 선생님께 그걸 보여드리려면, 훼방꾼은 물러나야 합니다… 저 자신의 호기심을 누르기 위해서도 되도록 멀리 가는 편이 좋겠죠. 부탁드립니다, 로한 선생님. 이건 거래나 상담 같은 것이 아니라… 그냥 부탁이니까요."

그 말만 남기고 고잔은 방을 뒤로했다.

말씨는 매우 공손한 듯했지만, 그 행동에서는 막무가내로 밀어붙이는 것이 느껴졌다.

꽉 막힌 느낌이 드는 응접실에 혼자 남으니 로한도 이제는 화가 치밀었다. 남의 손에 놀아나는 것은 무엇보다 참기 어려운 일이라고 생각했다.

"…하하. 이렇게 혼자 방에 남겨두면 어차피 호기심에 못 이겨 내가 그 상자 속을 들여다볼 거다. 그렇게 생각했겠지만…"

책상 위의 보따리를 흘긋 보고 로한은 자리에서 일어섰다.

거친 발걸음에서 짜증이 배어나온다. 그나마 차분함을 유지하고 있는 것은 고잔이라는 남자와의 대화가 처음이 아니기 때문이다.

놀리려는 것인가, 그렇게 물었다.

그러자 고잔은 분명 '그럴 생각은 없다'고 대답했다.

질문에 대해 거짓말은 하지 않는 남자… 그 사실은 로한 안에 〈확신〉으로 자리잡고 있다.

그렇다면 어떤 계략이 있는 게 틀림없다. 그 계략이 이 〈상자〉를 로한에게 보여주는 일이라면 로한은 넘어가줄 수 없었다.

로한은 '본 적 없는' 것을 보고 싶어하는 성미이기는 하다.

그래서 몇 번인가 위험에 처한 적도 있고, 고약한 버릇임을 어느 정도 자각은 하지만 억누를 수 없는 호기심이 있다.

그렇기에 〈상자〉 내부가 궁금하지 않다면, 거짓말이다.

그러나… '결국은 그렇게 될 줄 알았지' 하는 상대의 계획대로 넘어가주는 것.

그것은 키시베 로한이 가장 싫어하는 일 중 하나다.

"나는 〈상자〉를 열지 않겠어. 관심은 있지만, 그 남자의 시나리오대로 움직이는 것이 더 아니꼬우니까…"

굳이 선언하듯이 입 밖으로 말한 뒤 로한은 자리에서 일어섰다.

마치 목적지에 멈춘 전동차에서 내리는 것처럼, 당연한 듯당당히 출구로 향한다. 미안한 마음은 티끌만큼도 없이, 호주머니에 손을 쑤셔넣으면서.

상석── 즉 방 입구에서 먼 자리에서.

돌아가기 위해, 〈상자〉를 얹은 테이블 곁을 가로질렀다.

그때였다.

── 찰칵.

그렇게 소리가 난 것이다.

"……"

출구를 바라보던 시선을 테이블로 돌린다.

그 자리에 있던 보따리는 조금 전까지 분명 〈상자〉로 인식할 수 있는 형태였다.

"…방금, 뭐지? …〈찰칵〉 하고… 소리가 울렸나?"

뭔가 다르다.

〈상자〉를 흘깃 보고 그렇게 느꼈다.

"……이 〈상자〉는… 원래 이랬던가? 좀더, 이름 그대로 〈상자〉… 같은 느낌이었을 텐데… 마치 〈견과류가 든 초콜릿〉처럼 울퉁불퉁하잖아?"

조심스레 로한은 손을 뻗었다.

보자기에 싸인 〈상자〉에 닿는다면, 매끈한 입방체의 인공적인 감촉이 느껴진다면 그만이다. 그러기만 하면 된다.

하지만——

손가락 끝으로 건드리자 그 〈상자〉… 아니, 〈상자〉였던 물체는 자그락 소리를 내며,

"무너졌어?!"

이제 로한은 보따리 안을 들여다보지 않을 수 없었다.

그러자 상자를 감싸고 있던 보자기가 마치 자유의사라도 가진 양 스르륵, 하고 풀어지는 것이다.

연인 앞에서 모든 것을 풀어헤치며 〈책임〉을 강요하려는 여자처럼, 〈상자〉는 스스로 모습을 드러냈다.

역시 무너졌다.

그것을 인식한 순간 로한은 눈앞의 현실이 무너지는 소리를 들은 기분이 들었다. 기억하고 있는 감각이었다. '결정적

으로 위험한' 감각이었다.

상자, 라기에 오동나무 상자나 찬합 같은 것을 상상했지만 안에서 나타난 그것은 〈도자기〉였다.

상자라기보다 꽃병이나 항아리 같은, 망치로 때리면 이내 산산조각나버릴 듯 지극히 메마르고 약한 재질… 산산이 부숴버리기 쉬운, 그런 생각이 들게 하는 재질.

"이봐 이봐 이봐 이봐 이봐 이봐… 아니야… 내가 아니야! 손끝 하나 대지도 않았고, 큰 진동을 일으킬 만큼 품위 없게 걸은 기억도 없어! 틀림없어! 〈상자는 처음부터 부서져 있었어〉! …하지만…"

로한은 깨달았다.

함정이구나! 그렇게 생각했다.

"이러면 마치 내가 상자를 깨뜨린 것 같잖아!"

즉, 고잔이 직접 봐달라고 한 것은 그 때문이었다.

일부러 격리된 응접실로 불러들여 〈상자〉와 로한만 두고 잽싸게 나간다. 이미 부서져 있는 〈상자〉를 일부러 〈상자〉 모양으로 만들어두고, 풀어지기 쉽도록 보자기로 감싸…

이 상황을 만드는 것이 목적이었단 말인가!

거기까지 생각이 미쳤지만 이미 늦었다. 풀어진 보자기와 부서진 상자 파편. 어떻게 봐도 변명하기 어려운 상황이다.

"제길! 좀더 경계했어야 했는데… 그 자식이 꾸며둔 상황에 고스란히 걸려들어버린 나한테 화가 난다! 물론 다그치거나 따진다 해도, 나는 죄가 없으니 순순히 사과할 생각은 없지만…"

유쾌하지 못한 상황인 것만은 틀림없다.

그렇기는 하나, 뜻하지 않게 모습을 드러낸 〈상자〉라는 물체의 정체는, 아슬아슬하게 불완전 연소할 뻔했던 흥미에 종지부를 찍어주기는 했다.

"무엇보다… 〈상자〉라는 것의 정체가 이렇게 시시하다는 사실이! 이런 것 때문에 시간을 들였다는 것이 가장 화가 나!"

오로지 자기를 함정에 빠뜨리기 위해 마련한 잡동사니.

이런 것에 잠시나마 흥미가 끌렸다는 사실이 부끄럽기도 하고, 그 이상으로 부아가 치밀었다. 조바심은 금세 자취를 감추고, 이번에는 부글부글 분노가 끓어오른다.

결심했다. 고잔을 만나면 맨 먼저 할 것은 사과가 아니라 항의다.

사과할 건 아무것도 없다.

아무리 변명의 여지가 없어도, 성가시게 떠들어대면 〈헤븐즈 도어〉를 써줘야지. 단 하나도 죄의식이라고는 없다. 로한 자신은 〈무고〉하다는 확신이 있기 때문이다.

혼에 정당성을 갖고 있다면 두려울 것은 아무것도 없다.

22

도망칠 필요도 없다.

그렇게 각오를 굳히자 물결치던 마음이 조금씩 평정을 되찾기 시작했다.

그러자… 이번에는 순수하게 다른 흥미가 고개를 쳐든다.

"하지만… 애초에 이 〈상자〉는 본디 어디에 쓰는 물건이었을까? 도자기로 만든 상자는 그리 흔히 볼 수 있는 것이 아닌데…"

로한은 소파에 다시 앉아 다시금 그 〈상자〉 파편을 물끄러미 바라보았다.

가만히 보니 파편의 한쪽 면에는 문양이 새겨져 있다. 상자가 부서져서 문양 자체는 불완전하지만…

"…아니."

관찰하는 동안 로한의 집중력은 조금씩 높아지기 시작했다.

우선, 산산조각으로 부서졌다기에는 조각들의 크기가 너무 균등하다.

게다가 부서진 단면이 너무 깔끔하다. 아무래도 공업적이라고 할지, 자연스럽지 않다.

"……"

흡사 빨려들듯 상자에 열중하기 시작한다.

이렇게 되면 이제는 막을 수 없다. 로한은 손을 뻗어 파편

하나를 집어본다.

"…〈파괴〉된 것은 반드시 〈일그러짐〉이 생긴다."

로한은 그것을 알고 있다.

"〈파괴〉되면 본래 가지고 있던 기능을 잃어 혼이 더럽혀지고 만다… 그 〈일그러짐〉은 생물과 무생물을 가리지 않고, 틀림없이 존재하지. 하지만… 이 파편은. 아니, 조각에는… 그것이 없어."

또다시 떠오르는 감각이 있었다.

그것은 히로세 코이치와 하자마다 토시카즈를… 자기와 같은 〈특별함〉을 지닌 인간들을 처음 만났을 때의 그것이다.

서로가 서로에게 끌리는 듯한 감각.

로한은 이 파편에서 그것을 느꼈으며… 또한, 파편과 파편 사이에도 그런 흐름이 보이는 기분이 들었다.

그 눈으로 주의깊게 응시한다. 스케치를 하고 모델을 관찰할 때의 눈으로.

분노와 조바심으로 혼탁하던 키시베 로한이라는 남자의 인격이 이 시점에 이르러 급격히 맑아지기 시작한다.

손에 든 파편은 〈모서리〉 같았다. 더이상 조심스러울 것 없이, 남은 파편더미를 손으로 휘휘 저어 테이블에 펼쳐간다.

그림은 이론과 감각, 양쪽을 모두 사용하지 않으면 그릴 수 없다. 그래서 더더욱 로한에게는 익숙한 일이다.

이성적인 관찰력과 본능적인 직감을 잘 조합하여 다음 파편을 고른다.

손에 든 파편에 맞추어보니 딱 들어맞았다.

"……"

파편은 매끄러운 면을 이루며 단면과 단면이 정확하게 맞물려 있다. 함부로 다루지만 않으면 원래의 〈상자〉 모양으로 되돌릴 수 있다.

…확신했다.

"──〈퍼즐〉이다."

요령을 알아냈다는 감각이 생겼다.

예를 들면 〈헤븐즈 도어〉를 내보낼 때. 〈헤븐즈 도어〉로 다른 사람을 책으로 바꾸어 읽을 때. 그리고 〈헤븐즈 도어〉와 비슷한 〈힘〉을 볼 때.

물질적으로는 존재하지 않는, 그러나 틀림없이 그곳에 있는. 그 〈힘의 상〉에 초점을 맞출 때의 감각으로 〈상자〉 조각을 바라본다.

그러면 신비하게도 서로 끌리는 조각이 연결되어 보이기

시작한다.

"…완전히 〈이해〉했다."

그 막연한 감각을 예리하게 다듬어 이성으로 음미하고, 조각을 골라 서로 맞춘다.

조금씩이지만 확실하게 그것은 원래 모양으로 돌아가려 한다.

"정확히 이어지는 조각과 조각… 이 사이에는 틀림없이 〈보이지 않는 설계도〉가 존재한다. 기묘한 법칙에 의해 조립된다."

추리는 이미 확신이 되어 있었다.

"스탠드유저끼리 서로 끌리는 것처럼, 보이지 않는 법칙… 에너지! 이건 사람을 고르는 〈퍼즐〉이야! '고잔에게는 무리였다'는 것은 이런 성질 때문이었나…!

조각 수는 매우 많고, 결코 단순한 작업은 아니다.

그러나 손으로 찾다보면 확실하게 〈퍼즐〉은 완성되어간다. 어느새 로한의 손은 이미 그 완성형의 바닥 부분을 만들어 내고 있었다.

"역시… 확실히 〈바닥〉 같아. 게다가…"

바닥이라는 한 면을 이루자, 조각의 한쪽 면에 새겨진 문양은 완성된 도형을 나타냈다.

곡선이 많고 복잡한 문양. 페르시아 도자기에 그려진 듯

치밀하기도 하고, 죠몬 토기처럼 종교적인 색채도 느껴진다.

그 자체로 로한의 관심을 끌 만한 존재감을 띠고 있었다.

"극히 복잡하지만… 그러면서도 균형 잡힌 문양이군. 의미를 띤 〈아름다움〉이 느껴지는 것으로 보아 엄연한 〈디자인〉이라고 할 수 있겠는걸."

로한은 조립하는 내내, 스스로도 신기하다고 느낄 만큼 그 퍼즐에 끌려 손을 움직였다.

다시 생각해보면 기묘한 정신 상태였는데 이 문양의 〈아름다움〉에 창작자의 본능이 반응한 것일까.

어쩌면 이 상자에 들어 있다는 〈행복〉이란 그 〈아름다움〉을 말하는 것일지도 모른다.

"하지만… 내가 생각해도 너무 열중해버렸군."

관자놀이를 누르고 방안을 둘러보며 시계를 찾으려 했다.

고잔이 나간 후 얼마나 시간이 흘렀을까. 열중해 있던 동안에는 시간 감각이 모호해져서 알 수 없었다.

어쩌다 고잔이 돌아와서 도중까지 조립한 상자를 보면 '그럴 줄 알았지' 하는 표정을 지을 것이 틀림없다. 그걸 보면 욱하지 않을 자신이 없다.

"……"

그나저나 다시 봐도 폐쇄감이 드는 방이다.

──마치 상자처럼.

그렇다, 그것이 로한이 처음에 느꼈던 감상이었다.

"…아무리 응접실이라지만 용케도 이렇게… 따분한 방으로 꾸며놨군 그래."

로한은 안목이 높은 사람이다.

어떤 물건이든, 아리타도기에서 세일러문 피규어에 이르기까지 〈아름다움〉에 대한 감성은 날카롭다.

"명색이 〈고미술상〉이라면 거래 상담을 할 때도 쓰는 방일 텐데. 좀더 신경을 써도 되지 않았을까…? 하물며 나를 이런 방에 집어넣다니!"

그런 불평에 응하기라도 하듯 노크 소리가 들렸다.

"……"

고잔이 돌아온 것일까.

그렇게 생각하고 있는데 문이 열렸다.

"어머…"

"……"

문을 연 것은 고잔 본인이 아니라 그 아내였다.

쟁반에 찻주전자가 놓여 있다. 홍차를 새로 끓여온 것이리라. 로한은 바닥에 쪼그려 앉아 있었다는 것을 깨닫고 약간 서두는 움직임으로 일어섰다.

그러나 고잔의 아내는 그것을 의아해하는 낌새도 없이 담담히 테이블에 손을 뻗는다.

한순간, 조립 도중인 〈상자〉를 보고 눈을 동그랗게 떴지만, 고잔의 아내는 그것이 어떤 물건인지 모르는 듯—아니면 집에 기묘한 물건이 있는 상황에 익숙한 듯—딱히 신경쓰는 눈치도 없이, 식은 홍차를 치우고 새 찻잔에 홍차를 따르기 시작했다.

그리고 미안한 듯 입을 열었다.

"죄송합니다… 그이도 참, 힘들게 찾아오신 손님을 내버려뒀네요. 그 사람은 조금 별난 구석이 있어서요."

조금.

손님을 방에 내버려둔 채 상담을 하러 떠나버리는 남자를 〈조금 별난 구석이 있는〉 정도로 평하는 것을 보면 역시 자랑하고 싶어질 만큼 애정은 있는 결혼일지도 모른다고 로한은 생각했다.

"자영업자로서는 정말 이래도 될까 생각해볼 점이지."

"백번 사과를 드려도 모자랄 정도지만… 조금만 있으면 돌아올 거예요. 너그러이 용서해주시기 바랍니다."

고잔의 아내는 고개를 깊이 숙이는 몸짓 하나하나마저 아름다웠다. 나무랄 데 없는 미가 있었다. 그 밤색 머리카락은 비단결처럼 매끄러웠으며, 햇빛을 받으면 금실처럼 반짝였다.

콧날이 오똑한 얼굴이며 살짝 볼륨 있는 스타일은 명확한 미였으며, 그 아름다움을 내세우지 않는 행동거지는 조잡함과 거리가 멀었다.

일거수일투족을 바라보기만 해도 남성으로서 본능적인 행복이 느껴진다. 이렇게 아름다운 여성이라면 24시간 내내 한지붕 밑에서 지내도 괴롭지는 않을지 모른다.

과연 제아무리 괴짜 고잔이라지만, 푹 빠지는 것도 이해가 간다.

그러나 이번에는 보면 볼수록 고잔이 이 여성과 어떻게 결혼할 수 있었는지 영문을 모르겠다.

"…저, 실례되는 질문 같기는 한데…"

"네, 뭐가 궁금하신가요?"

"아니, 나도 독신이고 연애라는 것 자체에 관심이 없어서 의문이 드는지 모르지만… 당신은 그 남자의 어디가 좋아서 함께하게 됐지?"

"어디냐니… 이상한 말씀을 하시는군요."

고잔의 아내는 꽃이 활짝 핀다는 표현이 어울리는 미소를 띠었다.

"사람을 좋아하는 데 〈어디〉나 〈어느 것〉을 짚을 필요가 있을까요?"

"……"

하나를 물으면 열을 답하는 듯한 고잔에 비해 매우 대조적인 대답이었다.

결혼. 동거. 연애.

타인과 24시간을 같은 집에서, 평생을 함께 보내는 관습.

자신의 이해와는 거리가 먼 일임을 로한이 확신하는 가운데 고잔의 아내는 식은 홍차를 들고 방을 뒤로했다.

새로 끓여온 홍차를 로한은 목에 걸린 것을 흘려보내듯 입에 머금고 삼켰다.

보아하니 홍차를 끓이는 솜씨도 탁월한 듯하다.

몇 분이 지났을까.

딱히 의무는 아닐 텐데도 〈상자〉 조립은 이미 반쯤 진행되어 있었다.

"…뭘 하는 거지, 나는."

일단 시작한 이상은, 그런 의지가 있었을지도 모른다.

하지만 요령을 파악해버리는 바람에 오히려 작업에 진척이 생긴 것이 가장 큰 원인일 것이다. 가끔 휴식시간을 갖기는 했지만, 그사이에 홀짝이는 홍차가 입에 잘 맞아 알맞게 재충전이 되니 다음 작업으로 쉽게 넘어가버리는 것도 문제다.

고작 퍼즐을 맞추는 것뿐인데도 이렇게 열중하는 것은 로한으로서도 뜻밖의 경험이었다. 손을 멈추고 냉정하게 생각하면, 작업중의 로한은 열에 들뜨기라도 한 듯 흥분된 기분도 들었다.

하지만 머리를 식히면 눈에 들어오는 것은 따분한 방안의 실내장식뿐.

그것을 보고 싶지 않아서 작업에 더욱 몰두해버리는지도 모른다. 그렇다면 제법 치밀한 계산이 아닌가.

"…응?"

문득 캐비닛 위로 눈길이 갔다.

"…이상하군. 저런 것이 좀전에 있었던가?"

그토록 따분하고 시시해 보이던 장식물들 중에 눈길을 끄는 것이 있었다. 음악 CD들이 재킷을 이쪽으로 향한 채 늘어서 있다.

"…〈레드 제플린〉 종이 재킷 앨범이잖아!"

저도 모르게 로한은 벌떡 일어섰다.

"돈이 궁해서 팔아버린 후로 정말 오랜만에 보는걸… 이쪽은 〈빌리 조엘〉 골드 라벨! 왼쪽으로 걸어가는 비틀즈의 〈애비 로드〉도 있잖아?! 왜 이렇게 아무렇게나 놓여 있지…응?!"

알아차리고 나니 그것은 아무렇게나 쌓여 있을 뿐, 보물더미였다.

경매에 내놓으면 하나같이 상당한 값어치가 있을 물건들…

무신경하게 놓여 있는 것도 기묘하지만, 로한 본인이 지금까지 그걸 왜 못 알아봤는지가 더욱 신기했다.

예전에 로한이 소유했던 것도 있다. 가치를 알아보는 사람에게 이것은 금은보화나 마찬가지다.

고잔은 이것들의 가치를 이해하고 있을까…? 그저 비싸니까 일단 사두자는 가벼운 생각으로 모아둔 것은 아닐지 의심스럽다.

"…아니, 가만."

그대로 로한은 CD들이 놓인 자리에서 평행으로 이동하듯 시선을 옮긴다.

"유리문도 없는 책장에 여러 가지 만화를 아무렇게나 꽂아둔 줄 알았는데…『시튼 동물기*』를 판형별로 모아놨잖아? 무슨 장난하나?"

책등을 훑어내리듯 저도 모르게 손가락을 댄다.

촉감은 매끄러웠고, 고서 특유의 가슬가슬한 느낌이 없다.

"햇빛에 바랜 흔적도 거의 없어…! 아,『바벨 2세』의 보존 상태도 좋군!『꽃의 케이지』는 완전판이지만, 공간을 생각하

---

* 시라토 산페이의 작품. 1961~1962년에 대본소판 2권이 처음 나온 후 여러 가지 판본으로 복간되었다.

면 오히려 이게 낫지⋯ 틈새에 꽂혀 있는 것은 옛날 『점프』인
가? 『드래곤볼』 연재가 시작된 호를 무슨 북엔드처럼 쓰는
사람이 어딨어!"

솔직히 말해 가치를 아는 사람이라면 책장째 들고 가버리
고 싶을 정도의 책들이 가득 꽂혀 있었다. 이미 따분함은 사
라지고, 이 〈방〉에 처음 들어왔을 때의 폐쇄감은 희미해졌다.

⋯아니. 애초에 이 방은 정말 이런 상태였을까? 지금 있는
방은 정말 고잔의 집 응접실일까⋯?

〈상자〉에 집중한 동안 모르는 방으로 와버린 것 같은데⋯

"응⋯⋯."

시야 끝에서 뭔가가 움찔 움직였다.

집주인도 없는 이 방안에서 로한 외에 움직일 만한 것이
있을 리 없다. 그런데도 분명 그런 낌새가 느껴졌다.

동공에서 뻗어나온 〈흥미〉의 화살표가 캐비닛 그림자를
향한다.

──부웅⋯

희미하게 귀를 흔들며 날갯소리가 울린다.

"아!"

순간, 그것은 방안의 좁은 하늘로 날아올랐다.

네 장의 날개를 눈에 보이지도 않는 속도로 떨며 공중에
머무는⋯ 그 모습은 최신식 틸트로터* 항공기보다 훨씬 세

련된, 자연의 기능미가 느껴졌다.

"……〈잠자리〉가 있다고?"

대체 어디로 들어온 걸까?

그것은 틀림없는 잠자리였다.

아직 자연의 공기가 남은 동네이므로 벌레 정도는 드물지 않게 볼 수 있지만, 그렇더라도 갑자기 방안에서 나타나는 것은 위화감이 든다.

잠자리는 붕… 부웅… 하고 날갯소리를 내며 로한의 눈앞을 가로지른다.

그리고 테이블 위까지 가서 조립중이던 〈상자〉 위의 공중에 머물렀다.

"……"

로한은 이끌리는 기분을 느끼고 다시 테이블로 향했다.

이제 와서 찻잔에 벌레가 앉을까봐 걱정할 로한이 아니지만, 그 잠자리는 모니터의 마우스 포인터처럼 시선을 유도하는 힘이 있는 듯했다.

작업을 재개해야 한다.

재촉받는 느낌이 강해진다. 막연히, 머리 뒤쪽에서 끌어당기듯, 조립을 서둘러야 한다는 기분이 들었다.

---

* 프로펠러를 수직으로 세우면 수직 이착륙이 가능하고 비행중에는 수평으로 방향을 바꿔 속도를 높일 수 있는 항공기.

그러나 테이블 앞에 앉으려다, 멈춰 섰다.

"…이 소파는…"

로한은 앉으려던 소파를 손가락으로 쓸었다.

조금 전까지 쭉 앉아 있던 소파. 그것이 불현듯 흥미를 끌었다.

"…미처 몰랐는데, 이 소파는… 드렉셀 헤리티지*인가? 내가 이걸 못 알아보다니… 〈프리티 우먼〉에 등장한 것과 같은 소파에 앉아놓고, 방금 전까지 그걸 몰랐다고? 말도 안 돼!"

보면 볼수록 이 방에는 〈매력〉이 흘러넘친다.

너무나 기묘한 경험이었다. 평소라면 조금 더 자기가 놓인 상황이나 정신 상태를 의심해도 좋을 사건들이었다.

그러나, 뭔가.

뭔가가 그 손을 퍼즐 작업으로 끌어당기고 있다.

이것을 계속하면 〈행복〉이 기다린다는 확신이 든다.

로한은 소파에 살짝 걸터앉아, 남은 〈상자〉 조각에 손을 댔다.

---

* 미국의 유명 가구 브랜드. 영화 〈프리티 우먼〉에서 두 주인공이 지내던 호텔 방에 있던 소파. 『죠죠의 기묘한 모험』 4부에서 로한의 집에 화재가 났을 때 동일 모델인 이 소파도 불에 탔다.

붕…

눈앞을 가로지르는 잠자리에, 의식이 돌아왔다.

"…또 몰두해 있었군. 대체 얼마나…"

〈상자〉에서 손을 뗀다.

아직 완성되지는 않았지만, 이제 가장 윗부분만을 남긴 상자의 조각은 그리 얼마 되지 않는다. 이제 〈이어짐〉을 찾지 않아도 시판되는 직소 퍼즐보다 쉽게 조립할 수 있을 것이다.

이 〈상자〉가 입방체 형태를 되찾는 것은 시간 문제였다.

로한은 잠자리가 날아간 쪽으로 시선을 향했다.

그 움직임에, 방안의 풍경이 시야에 들어온다.

"……"

아늑한 느낌이 들었다.

이미 몇 년이나 살아온, 속속들이 알고 있는 자기 집 같은 편안함. '한 차례 목욕을 하고, 아무렇게나 여민 목욕가운 차림으로 들어와서 소파에 걸터앉아, 냉동고에서 꺼내온 리치 바닐라 아이스크림을 먹으면 좋겠다' 하고 생각할 만큼 이 방에 젖어들어 있었다.

잠자리는 구석에 놓인 관엽식물 가지에 앉아 있었다.

"하지만… 이 계절이면 밖에서도 거의 볼 수 없을 텐데…"

다가가서 자세히 관찰한다.

"실잠자리를 닮은 듯하지만 동체 구조는 다르군… 딱히 곤충박사도 아니고 그리 잘 안다고 장담할 수는 없지만… 뭘까, 눈에 익어. 적어도 이 주변에서 흔히 볼 수 있는 잠자리는 아니야."

로한은 자연스럽게 책장에서 『곤충도감』을 꺼냈다. 원하면 틀림없이 그 자리에 있다는 확신이라도 가진 듯, 그 움직임은 막힘이 없었다.

페이지가 구겨지지 않도록 천천히 넘긴다.

잠자리 항목은 그리 어렵지 않게 찾을 수 있었다.

"…있다… 그래, 〈옛잠자리〉구나!"

희색이 넘치는 목소리였다.

로한은 만화를 그리기 위해 자연을 관찰할 때가 많다.

하지만 말 그대로 하늘의 별만큼 많은 곤충 종류를 하나하나 외울 정도는 아니다.

그래도 기억을 자극했던 것은 그것이 지극히 희귀한 일본 고유종 잠자리라는 기사를 예전에 읽은 적이 있기 때문이다.

"도감이나 표본으로 본 적은 있지만 이렇게 희귀한 종류를 살아 있는 모습 그대로 보다니… 그것도 이런 도시 한복판의 실내에서? 이게 웬 행운이지? 아니, 하지만 그전에… 나

는 이 녀석을 어디까지 〈관찰〉해야 할까? 분명 〈멸종위기종〉
이니까~… 해부하는 건 곤란하겠지~"

서서히 잘 안 보이는 장소로 이동하는 잠자리를 따라가려
는 듯, 관엽식물 잎을 손가락으로 치운다.

지금 로한은 곤충채집에 여념이 없는 여름방학의 어린이
같기도 했다.

"제길! 취재용 카메라를 가져왔더라면… 어떻게 이런 곤충
이 방안의 관엽식물에 앉아 있지? 마치 따분한 집에 불려온
불행의 균형을 맞추듯이… 〈행복한 것〉이 차례로 나타나…!"

처음 왔을 때는 그런 생각을 하게 될 줄 상상조차 못했다.

그러나… 지금 생각하면.

"—이 방은 마치 행복이 가득한 〈상자〉 같군."

입 밖에 내어 중얼거린다.

순간 일렁… 하고 시야가 무너지는 듯한 착각에 사로잡
혔다.

"…윽…!"

로한은 머리를 눌렀다.

중력이 상실되는 듯했다. 바닥에 닿은 발에서 무릎, 허리,
등으로 이어지는 골격의 감각이 사라져간다. 천장과 바닥의
구분이 사라진다.

"현기증…?"

매우 드문 경험.

급속히 위기감이 엄습했다.

처음 만화가가 됐을 무렵에는 다소 무리하게 일하기도 했고, 컨디션이 무너진 적도 없지 않았다.

그러나 이내 그런 무리로 인한 컨디션 난조는 결코 만화에 좋은 영향을 줄 수 없다는 것을 알았다.

충분히 여유를 두고 작업을 마친 후 주말에는 느긋하게 시간을 보내며 쉰다. 그래서 해외나 산으로 취재를 갈 체력도 있는 것이다.

컨디션 관리에 소홀하면 프로로서도 인간으로서도 부족하다.

그래서 현기증 같은 증세를 일으키는 것은 이상한 사태일 수밖에 없다.

"뭐지, 갑자기… 이 막연한…!"

혈액 순환이 나빠진 듯한 불쾌감.

머리에 안개가 끼고 시야가 흐려진다. 보통 졸음이 아니다. 하루의 피로를 달래기 위해 신경이 요구하는 잠과는 분명 다르다.

조바심만이 뇌를 지배해가지만, 그에 대해 생각할 에너지가 빠져나간다.

"아… 안 돼… 의식을 놓아서는! 뭔가… 위험하다!"

로한은 필사적으로 벽에 손을 짚으려 했다.

하지만 손바닥에는 아무것도 닿지 않는다. 아니, 그럴 리가 없다. 조금 전에 서 있던 위치라면 아무렇게나 손을 뻗어도 벽에 닿아야 하는데.

지탱할 것이 아무것도 없어진다. 몸이 마치 납덩이로 변한 듯 무겁게 가라앉는다.

눈을 감아서는 안 된다.

본능적으로 그렇게 느낀 로한은 필사적으로 눈에 힘을 준다. 시야를 잃는 것은 무엇보다 위험하다고 생각했다.

"…헤븐즈… 도어……"

이어서 로한은 그 힘으로 자기 자신을 덮치는 부자연스런 수마를 피하려 했다.

자기 몸에 '눈을 뜬다'고 적는다.

그것뿐. 단지 그것만으로도 이 상황을 타개할 수 있다!

그러나…

"…………"

그 힘의 표상은 흐느적거리는 흐린 선밖에 이루지 못했다.

가물거리는 의식 속에서는 정신도 감성도 뼈대 없는 동물처럼 되어버린다.

공중에 뭔가를 그리려 하던 손끝이, 죽어가는 날벌레 같은 궤도를 그리며 바닥에 떨어진다. 다잉 메시지를 쓰려는 모습 같기도 하다.

수렁에 가라앉듯 의식이 삼켜진다.

시야가 까맣게 사라져간다.

이제 방아은 〈상자〉 같은 모습조차 아니었다.

모호하고 흐릿한, 수채물감을 풀어놓은 듯한 풍경.

혼탁한 수조처럼만 보인다.

눈을 찌푸린다. …다시 찌푸려 응시한다.

그 눈의 초점을 어떻게 해서든 맞추려고, 힘이 들어가지 않는 손으로 버둥거린다.

──뭐지, 이것은.

로한은 움직이는 자기 손이 너무나 작은 데에 놀랐다.

일어서 보니 눈높이가 낮다. 몸이 평소보다 훨씬 가볍게 느껴진다.

손가락 끝을 서로 비벼본다.

펜을 쥐어서 생긴 굳은살이 말끔히 사라져 마치 실크처럼 감촉이 매끄럽다. 고운 살결. 손등에 튀어나온 혈관도, 마디가 불거진 윤곽도 없다.

놀라는 동안 번져 보이던 방안 풍경이 희미하게 형태를 이루기 시작한다.

응접실의 분위기는 완연히 달라져 있었다.

CD도, 책장도 없다. 관엽식물도 보이지 않는다. 그러나 동시에 조금 전까지 방에서 느꼈던, 어딘가 부자연스런 건조함도 없다. 마치 방 자체가 달라진 것처럼 보였다.

본 적이 없는… 아니, 그러나 친숙한 풍경이다. 모른다기보다 잊고 잊었다는 생각이 드는 그런 풍경.

잠자리는 이미 어디론가 날아가버린 걸까?

주위를 둘러보니 어딘가 퇴색한 듯한 색채만이 눈에 띈다.

세피아 색으로 바랜 낡은 사진 같은 그 풍경은 어쩐지 사람을 회고적으로 만드는 것 같다.

저녁놀을 닮은 색채.

그것은 회고의 색이다.

걸음을 옮겨보니 그 발걸음은 스스로도 놀랄 만큼 망설임이 없다. 한 걸음, 한 걸음 나아가면서 점차 발에 익숙한 감촉이 되살아난다.

이곳은 대체 어디일까.

전혀 알 수 없지만 불안하지도 않다.

처음 보는 곳에 나 홀로 있다는 감각이 엄습하지 않는다.

그것은 어째서일까 생각했을 때… 〈따스한 기운〉이 있다는 것을 깨달았다.

거기에 집중하니, 기운으로만 느껴지던 것이 조금씩 형태를 갖추어간다.

인간…

아니, 인간 하나와… 뭔가가 한 마리.

미소 짓는 것처럼 보였다.

그 두 개의 기운은 무척, 무척이나 따뜻했지만… 동시에, 바라보노라면 몹시도 슬픈 기분이 들었다.

여기서 손을 뻗어도 닿지 않을 듯한.

아니… 그것을 바라지 않는 듯한, 그런 기분이 들었다.

한 사람과 한 마리는 어딘지 서글픈, 그러면서도 상냥한 얼굴로 뭔가 말하는 것 같았다. 그 목소리는 결코 고막에 와 닿지 않는다.

이윽고 두 기운이 그 방을 나갔다.

뭔가 말하려 했지만 목소리도 나오지 않는다. 그저 그 온기가 곁에서 떠나가는 감각만이 사무쳤다.

한기가 찾아들면서 온몸에 권태감이 엄습했다.

조금 전의 졸음과는 다르다. 이번에는 감각이 예민해져간다.

각성의 징후——

의식이 떠올라간다.

"——정신이 드셨어요?"

의식을 되찾는 마지막 지렛대가 되어준 것은 그 말이었다.

눈을 뜨자 이번에는 눈앞의 풍경이 또렷한 형태로 보인다. 밋밋하고 잡다하며, 아무 재미도 없는 방.

그 〈방〉의 폐쇄감은 마치 상자 같았다.

로한은 바닥에 엎드리듯 쓰러져 있었던 것을 깨닫고 몸을 일으켰다.

목과 어깨를 잇는 근육이 나른하다. 광대뼈 언저리가 조금 아픈 것이, 이상한 형태로 체중이 실려 있었음을 알 수 있었다. 부자연스러운 증상이다.

안구를 움직이니, 굳어 있던 뭔가가 풀리는 기분이 든다.

쾌면하고 깨어났을 때의 컨디션은 아니다.

잠시 방안을 둘러보듯 시선을 옮기다가 마지막으로 소파에 앉아 있는 인물이 눈에 들어왔다.

"…당신은, 고잔 잇케이의…"

"인사가 많이 늦었네요. …잇케이의 아내, 치나미千波라고 합니다."

몸짓은 여전히 부드러웠다.

역시 모든 면에서 수준 높은 아름다움을 갖고 있다.

그러나 위화감이 들었다.

독나방을 봤을 때처럼 생리적으로 찌릿, 하고 느껴지는 이 〈두려움〉은 뭘까.

흐트러짐 없는 몸가짐, 골반에서 등뼈와 목에 이르기까지 곧고 단정한 자세. 그러나 긴장되지 않고 우아함마저 느껴지는 당당한 모습. 어둑어둑해진 방안에서는 그 전체적인 스타일이 더욱 두드러졌고, 어깨에서 미끈하게 뻗은 양팔이 손가락에 이르기까지 그리는 라인 역시 정돈되어 있다.

…그 단정한 양팔 안에는 한아름에 들어갈 정도의 큰 〈상자〉가 들어 있었다.

"이봐, 그 〈상자〉는…"

고잔의 아내… 치나미는 상자의 위판을 사랑스러운 듯 어루만졌다.

요철凹凸 하나 없이 매끈한 감촉이라는 것을, 보기만 해도 짐작할 수 있었다.

그 〈상자〉는 이미 〈상자〉 형태로 완성되어 있었다.

한 치의 오차 없이 〈완성된 입방체〉였다. 티끌만한 틈조차 느껴지지 않는다. 데생 연습을 한다면 이보다 이상적인 대상물은 없지 않을까.

상자나 사각형 등, 마치 그런 개념을 형상화한 것처럼 보일 정도다. 그것은 그야말로 밀폐된 상자처럼 완결된 아름다움이었다.

로한은 조금 전까지 그것을 조립하고 있었을 텐데.

그러나 상자에 뚜껑을 덮은 기억이 없다.

완성한 기억이 로한에게는 없다.

"…………그 〈상자〉는 어떻게 완성됐지? 그후 얼마나 시간이 흘렀는지…?"

"이제 해가 거의 저물어가네요, 로한 선생님. 꽤 깊이 잠들어 계셨던 모양이니까요."

창밖을 본다.

기울어가는 태양이 휘황한 붉은빛으로 방안을 비추고 있다. 그래, 믿기 어렵지만 확실히 상당한 시간이 지난 듯하다.

그만한 시간 동안 왜 자기가 잠들어 있었는가, 하는 의문도 있지만──

"…고잔 잇케이는 어디 있지?"

"남편이라면… 지금은 이 안에요."

그렇게 말하며 치나미는 〈상자〉를 어루만졌다.

그 손놀림은 사랑스러운 것을 쓰다듬듯 세심하며 요염하기까지 하다. 틀림없이 아름답다.

그런데도… 로한은 예전에 자료에서 본, 구렁이가 생쥐

를 통째로 집어삼키려 스멀스멀 다가가는 모습을 연상하고 있었다.

"…〈이 안〉이라니… 지금 〈이 안〉이라고 했나? 그 〈상자〉를 두고."

"네… 그이는 이 〈상자〉 안에 있답니다."

어이없는 농담이다.

하지만 웃어넘길 수만은 없는, 고요한 〈압박감〉이 느껴진다.

로한은 본인을 인격자로 여기지는 않는다.

하지만 그런 로한의 눈으로 봐도 '제정신이 아니게' 느껴지는 인간은 있다. 상대의 인생을 읽을 필요도 없이, 요란한 표지가 달린 책처럼 경고가 울렸다.

같은 언어를 쓰기는 하지만 진정한 의미로는 소통이 불가능한 상대.

사람들 사이에서 평온하게 사는 듯하지만, 알고 보면 정신적으로는 지극히 어두운 것을 품은 인간. 자기 욕망이나 유불리 때문에 타인을 짓밟는 행위를 서슴지 않는 〈고요한 악〉.

눈앞의 여자는 그런 존재로 보였다.

"저는 성의를 보일 준비가 되어 있어요. 로한 선생님… 해답을 드린다고 해도 좋겠군요."

"성의라고?"

그 단어가 의미하는 내용이 분명 뭔가 어긋나 있을 것임을 로한은 느꼈다. 적어도 성의란 이렇게 불쑥, 거북하게 들이대는 것은 아닐 텐데.

로한이 그렇게 생각한다는 것을 치나미는 과연 이해하는지 아닌지… 그 입술은 제멋대로 말을 이어갔다.

"사실 이 〈상자〉는 저희 집안에 대대로 내려오는 것이랍니다."

그 말에 로한의 시선은 치나미의 얼굴과 〈상자〉를 번갈아 이동한다. 듣고 보니 〈상자〉를 끌어안은 그 모습은 퍽 자연스레 어울린다.

그것은 논리적으로 설명하기 어렵지만 있어야 할 곳에 그것이 있는… 그녀가 〈상자〉의 원 소유주라는 진실을 분명히 느끼게 했다.

"그러면 뭐지? 이건 미스터리에 흔히 나오는 흑막의 고백 파트 같은 건가? 그럴 때는 대개 의기양양하게 여유를 부리며 일장 연설을 늘어놓는 법인데."

"작가님다운 의견이시네요."

"만화가야, 나는."

그 차이도 치나미에게는 큰 의미를 갖지 않을 것이다.

타인에게 관심을 보이는 눈치가 없다.

"고잔 치나미. 당신이… 남편을 사주했군."

"그런 표현은 듣기 거북하네요, 선생님. 저는… 사랑하는 것을 담아두고 싶었을 뿐이에요. 이것은 그런 〈상자〉거든요."

치나미의 시선이 똑바로 로한을 향했다.

어둡디 어두운 동굴 같은 동공은, 긴장을 푸는 순간 그대로 삼켜져버릴 듯 차갑다.

"있잖아요. 〈보물〉이란… 아주 소중히 넣어둬야 하지 않을까요? 중요하면 중요할수록 보관에 신경을 써야 하고… 귀중한 CD는 케이스에 넣고. 비싼 책은 커버를 씌워 책장에 꽂고. 보석은 보석함에 담아 금고에 보관하고… 그렇지 않은가요."

"띠지가 떨어진 책이나 케이스와 본체가 따로 노는 비디오 게임팩 같은 것을 보면 짜증스러워지는 심정은 이해해."

"그것과 같아요. 이건 그러기 위한 〈상자〉라서요."

다시 치나미의 손이 〈상자〉를 어루만졌다.

그 몸짓을 볼 때마다 생리적인 혐오감이 일었다. 그 〈상자〉가 소름 끼치는 물건임을, 확신을 가지고 이해할 수 있다.

"즉… 그 〈상자〉는 사람을 넣어두는 도구란 말인가?"

"그렇게 해석할 수도 있겠죠. …이 〈상자〉의 본질은 안을 들여다본 자에게 행복한 꿈을 꾸게 하며 혼과 몸을 가둬버리는 것… 남편은 그것을 모른 채 그저 〈행복이 담긴 상자〉인 줄만 알았던 모양이지만요."

"…몰랐다고? 일러주지 않았다, 를 잘못 말한 거겠지."

"올바른 사용법을 말이죠. 쥐덫을 본 적 있으세요? 금속 장치에 쥐를 물리는 그런… 만화답게 표현하면 〈구멍 뚫린 치즈〉 같은 것을 놓아두고 쥐를 유혹하는 그것 말이에요. …이 〈상자〉에 들어 있는 행복이란 즉 〈치즈〉 같은 것일 거예요, 분명."

"나는 고잔 잇케이에게 속은 것이 아니었군. 모두 당신이 꾸민 일이었어…"

"설마요… 저는 그저 남편에게 선생님의 이야기를 듣고, 선생님이라면 이 〈상자〉를 조립할 수 있을지 모른다… 그렇게 말했을 뿐인걸요. 상자 속의 천국이 탐나서 선생님을 이용하기로 결심한 것은 남편이죠…"

뭐가 우스운지.

치나미는 작게 웃었다.

"이 상자는 〈뚜껑을 덮음〉으로써 비로소 완성된답니다. 로한 선생님이 도중까지 조립하도록 한 다음, 남편은 나머지를 자기 손으로 완성하려 했어요… 그 결과가 이거죠. 저는 그저 남편의 지시에 따라 홍차에 약을 탄 정도. 효과가 느린 약이라서, 첫잔에 손을 안 대셨을 때는 어쩌나 걱정도 했지만."

"말이 너무 많군… 여유가 지나치면 방심이 될 수 있어."

로한은 부자연스런 졸음을 다시 떠올렸다.

"게다가 함정에 고스란히 걸려놓고 이런 말을 하기는 분하지만, 너무 요행만 바란 계획이 아닐까? 미스터리 소설이라면 퇴짜 맞을 플롯인걸."

"맞아요… 상자를 도중까지 조립하게 한 다음 결정적인 부분만 차지한다. 흉계라고 할 수도 없을 만큼 어설픈 계획. 어떤 의미로는 운을 시험한 것뿐인지도 모르죠… 하지만 결과는 제 사랑의 손을 들어줬네요. 그건… 분명 운명이 인정한 정의일 거예요…"

〈상자〉를 어루만지던 손에 힘이 들어가고, 힘줄이 튀어나온다.

백자처럼 매끄럽고 아름답기만 하던 손이 지금은 파충류처럼 보인다.

"나는 남편을 사랑했어요… 지금도 사랑해요. 남편과 처음 만났을 때, 퍼즐의 마지막 한 조각이 찰칵 맞물리는 듯한 운명을 느꼈어요… 아시나요? 나의 반쪽을 찾은 듯한 안도감. 그건 여자로서 느끼는 최고의 행복…이었어요."

이미 치나미는 자기만의 세계에 푹 빠져 있었다.

그녀는 제 손으로, 자기 마음을 상자에 가둬버린 것 같았다.

그리고──

"먼저 배신한 건 그 사람이었어!"

변모했다.

고잔 치나미의 미간이 순간 금이 간 것처럼 보였다. 본디 단정한 얼굴이었기에 일그러진 감정을 표정으로 드러낸 모습이 소름끼치도록 무섭다.

"처음에는 순조로웠지. 행복의 절정이었어! 결혼을 흔히 골인이라고 하던데 정말 그 말이 맞다고 생각했어. 나는 이 사람과 함께하기 위해 지금까지의 인생을 걸어왔던 거라고… 이제야 내가 몸담을 곳에 자리잡았다고, 그렇게 생각했어."

"……"

"아침에 갓 구운 빵과 소시지, 얼음에 재워둔 병에 담긴 오렌지주스를 따라주면 그이는 기뻐했어. 그 사람은 약간 아이 같은 면이 있어서, 자기가 좋아하는 것을 보면 마치 생일을 맞은 사내아이처럼 반짝이는 얼굴로 웃어주었지… 그 눈꺼풀이 재빠르게 두 번 깜박거리는 모습이 또 얼마나 귀여웠는지."

"…그 이야기, 오래 걸리나?"

"하지만 행복은, 그래… 마치 태양이 빌딩숲 너머로 조금씩 가라앉듯 그림자를 드리우기 시작하더군… 남편은 내게 〈기다림〉을 요구하기 시작했어… 처음에는 하루. 그게 이틀, 사흘. 조금씩 조금씩… 일이 남편을 얽매기 시작했어. 처음에는 참았지… 그래, 참을 수 있었어. 하지만 그것도 한계라는 게 있지 않겠어?"

"몰라! 나한테 묻지 마!"

"나는 내 몸을 다 태워버릴 만큼 뜨거운 애정으로 활활 타고 있는데! 애정은 〈불길〉! 그 사람이 지른 불! 자기도 알 거야! 그 사람은 〈가해자〉! 나를 사로잡아버린 나쁜 사람! 그러니까 〈책임〉이 있잖아, 안 그래?!"

"나한테 묻지 말래도! 그걸 어떻게 알아, 날 보지 말라고! 왜 이제 와서 당신들의 굴절된 사랑 타령을 내가 듣고 있어야 하지?!"

"그런데! 이 집도, 우리 둘이 아늑하게 서로 사랑하려고 샀단 말이야!! 6천만 엔이나 들인 사랑의 보금자리! 그 사람이 1년에 며칠이나 이 집에 들어오는지 알아?!"

탕.

치나미가 상자를 때린다.

"…사랑하면 사랑할수록, 그이가 없는 시간, 그이가 없는 텅 빈집에서 숨쉬는 공기가 내게는 독가스 같았어… 그런데도 그이는 어디에서 거래가 있다느니, 어디로 항아리를 찾으러 가야 한다느니!"

치나미가 상자를 때린다!

"심지어는 어머니가 입원해서 고향에 가야 한다고? 언제 돌아오는데? 하고 물었더니 '일주일 정도면 된다'고? 지금 장난해? 그사이에 〈결혼기념일〉이 끼어 있는데! 애초에 일분일

초라도 떨어지면 안 되는 것 아냐? 〈부부〉니까 그게 당연하지, 이 마마보이! 왜 나를 데려갈 생각은 안 하는데! 응?! 듣고 있어?! 그 당연한 걸 어떻게 모를 수 있냐고 빌어먹을 자식아아아아아아아아아~~~~!"

상자를 때린다!

때린다 때린다 때린다 때린다 때린다!

때린다 때린다 때린다 때린다 때린다 때린다 때린다 때린다 때린다 때린다!

묻지도 않은 말을 혼자 떠들면서 치나미는 점점 흥분한다. 매끄럽던 손등의 피부가 벗겨지고, 그 속에서 그로테스크한 붉은 살이 드러나기 시작한다.

"이봐! 그 안에 고잔이 있다며! 상자가 부서져서 죽기라도 하면 어쩌려고!"

"…상자를 부숴? 아니, 걱정할 것 없어."

갑자기 회로가 끊어진 듯 차분해진 치나미는 로한의 눈에 더이상 정상적인 사람으로 비치지 않는다.

"이 〈상자〉는 부서질 수 없거든… 대대로 내려오는 이 〈상자〉는 뚜껑만 덮어버리면 열리지 않아… 밖에서든 안에서든, 보통은 열 수 없지… 그런 〈상자〉였어. 다만 내가 찾아냈을 때는 이미 부서진 상태여서… 이 〈상자〉를 위험하게 여긴 특별한 사람이 부숴버렸다고 들었거든."

치나미의 입술이 웃는 형태로 일그러진다.

마치 송곳니를 드러내는 것 같은 표정이었다.

"하지만 당신이 조립해줬지… 남편이 당신과 아는 사이가 아니었다면, 남편에게 이야기를 듣고 당신이 특별한 사람일지도 모른다는 걸 알지 못했다면, 이 기회는 찾아오지 않았을 거야. 정말… 감사드려요."

로한은 미간을 찌푸렸고, 치나미는 웃었다.

결정적으로 서로 이해할 수 없는 상대임이 느껴졌다.

"물론 선생님을 끌어들인 것은 죄송하게 생각합니다. 그러니 사과의 뜻이라기에는 약소하지만… 남편이 취급하던 미술품을 가져가서도 괜찮아요."

"뭐라고?"

거기서 로한의 표정은 명백히 바뀌었다.

치나미는 그 변화를 깨닫지 못했다. …결국 그녀의 눈동자는 로한을 보고 있지도 않았으니까.

"…가져가란다고, 네 감사합니다 하며 덥석 집어갈 수 있을 만큼 그 남자가 값싼 물건을 다루지는 않았을 텐데. 당신도 어느 정도 보는 안목이 있다고 했으니 모를 리가 없고."

"그야 물론 교양 정도는 있죠. 하지만 타인이 만든 아름다움은 어디까지나 타인이 만든 것이에요. …남편은 이제 이렇게 됐고, 제게는 더이상 필요 없지만… 선생님이라면 가치를 알아보실 만한 물건들 아닌가요? 남편은 그걸 꽤 비싼 값에 팔아왔을 거예요. 그걸 거저 드리는 셈이니 보답으로는 충분…"

"…고잔 잇케이는 솔직히 친구로 사귀고 싶지 않은 남자였어."

공기가 찌렁찌렁 울린다.

로한의 목소리는 그런 울림으로 물들어 있었다.

"언제나 뱃속에 꿍꿍이를 감추고 다른 사람을 이용할 생각만 하지… 교묘한 말솜씨로 고가의 거래를 성사시키는 수완은 거의 사기라고 해도 좋을 정도였어. 실제로 오늘도 다른 계략을 가지고 나를 불렀지. 결과는 이렇게 됐지만."

"아내로서 정말 죄송할 따름이네요."

"그러니까 그런 남자의 부부생활이 어쩌니, 가정사정이 저쩌니 하는 것은 관심 없어. 이 일에 말려든 것도 성가시다는 감정밖에는 없고. 다만…"

로한의 눈동자가 날카로운 빛을 띤다.

결별을 표하려는 투지가 끓어오르고 있었다.

〈상인〉으로서의 고잔은 인정할 만한 남자였지. 상품에 경의를 표하며 정중히 다뤘어. 구입한 상품은 언제나 최고의 상태였지… 결코 위조품이나 조악한 물건을 떠넘기고 돈을 뜯어내려 하지 않는, 자부심을 가진 남자. 돈에는 까다로웠지만 그 점에서는 고결한 정신을 느꼈지."

"남편이 칭찬받는 것은 아내로서 기쁜 일이죠."

"그래서 더욱 나는… 솔직히 아니꼬운 상대이기도 했고, 본받을 만한 인격자는 더더욱 아니어서… 그래서 이렇게 말하기는 싫지만, 상인과 고객이라는 관계에서는 〈신뢰〉가 있었어. 거래라는 〈신뢰〉──"

치나미는 눈만 깜박일 뿐이었다.

로한의 말은 이어졌다.

"당신은 지금 그 사이를 무단으로 침입한 거야. 그저 짜증을 풀 요량으로, 아무 이해도 없이!"

치나미는 그 말의 의미를 모르는 눈치다.

"…그게 왜요?"

"지금 나는 말할 수 없이 불쾌해."

로한은 더이상 치나미를 보지 않는다.

"고잔 잇케이."

곧바로 그 〈상자〉를 향한다. 〈상자〉 속의 고잔 잇케이에게 말을 걸었다.

"…소용없는걸요? 이 〈상자〉는 완벽해요. 완전히 이 세상과 격리된 행복의 공간. 설령 목소리가 들린다 해도… 이 안에 넘치는 행복한 꿈에 잠긴 사람에게는 어떤 말도 결코 닿지 않죠… 네, 남편은 지금 〈천국〉에 있으니까요."

"그럴까? ……내게는 〈천국의 문〉을 여는 열쇠가 있지."

치나미의 표정이 명백히 달라졌다.

로한의 말에서 치나미는 확고한 자신감을 느꼈다. 로한의 표정이, 그 태도가 치나미는 이해할 수 없는 영역에서 나온다는 것을 깨달았을 때 로한은 이미 다음 말을 풀어내고 있었다.

"고잔 잇케이—— 지금 자네 눈에 뭐가 보이지?"

그가 던진 것은 질문.

그 질문이 바로 열쇠였다.

"…………보여……"

"……윽?!"

틀림없이 〈상자〉에서 나온 목소리다.

그것은 있을 수 없는 일이며 비정상적인 사태였다. 치나미의 동요가 그것을 확연하게 말해주고 있었다.

귀에 익은 목소리. 두 번 다시는 들을 수 없다고 생각했던 목소리.

〈상자〉에서는 목소리가 계속해서 들려왔다.

"…지금은 그저… 아내의 웃는 얼굴만… 보여… 상냥한, 얼굴… 내가 사랑한 미소… 참으로, 근사한…"

"그게 자네가 〈상자〉에서 바랐던 행복인가? 솔직히… 그런 대답을 기대하지는 않았지만"

"그래… 나는 아내를 사랑했어… 하지만 아내는 변해갔지… 사랑은 집착으로… 관심은 의존으로… 이러면 안 된다고 생각했어… 그런 아내를 받아주기만 하면… 우리 둘 다 잘못돼버릴 거라고…"

그 말을 가로막듯이 치나미는 상자를 끌어안았다.

물어뜯기라도 할 기세로 로한을 노려본다. 치나미에게 상황은 완벽했을 것이다. 밀폐된 상자처럼 이야기는 완결된 줄 알았는데.

그 완결이 어그러지려 한다.

"뭘… 뭘 하는 거야?! 말을 할 리가 없어! 〈상자〉 속과 대화가 될 리 없잖아!"

"〈헤븐즈 도어〉. 내가 고참 잇케이와 거래하기 위해 장치해둔 보험이지."

"…뭐라고?"

"그 역시 이번처럼 온갖 수단으로 나를 속여 넘기려 했으니… 대등한 거래를 위해 부득이하게 써왔어. 내가 〈상자〉를 조립할 수 있는 특별한 인간이었다면… 아마 이 힘이 〈상자〉와 서로 끌린 것이 원인이겠지. 그렇다면… 이 힘이 〈상자〉에 간섭할 수 있다 해도 이상하지 않아. 안 그런가?"

"무슨 말인지 모르겠어! 내가 알아듣게 설명해!"

"아니, 대단할 건 없어… 그저 고잔에게 적었을 뿐이지. 〈키시베 로한의 질문에는 반드시 대답한다〉라고. …수백만 엔짜리 거래도 하니까, 이 정도는 해야지."

고잔은 로한에게 사실을 숨겼다.

그러나 고잔은 적어도 로한에게 거짓말을 하지는 않았다.

거짓 없는 관계. 거짓말을 할 수 없는 관계.

수단을 가리지 않는 강제적인 신뢰.

"…〈상자〉를 완성하면… 돌아갈 수 있을 줄 알았어. 처음 만난 그 시절… 행복했던 우리로 돌아갈 거라고…"

"아…아, 아아…"

"아하하… 그래도 지금은 이렇게… 그녀의 미소가 가득해… 행복해… 나는 무척…"

"아…… 아아아아아… 그만! 그만둬! 그 〈상자〉 속의 내게 미소 짓지 말아줘!"

"좀 이르지만… 내일이 무슨 날인지 기억해? 당신을 놀라게 해주려고… 〈결혼기념일〉. 선물을 준비했어… 분명 당신한테 어울릴 거야…"

"여기 있어! 난 아직 여기 있다고!"

치나미는 상자를 마구 긁어대기 시작했다.

상자는 약하고 깨지기 쉬운 재질처럼 보였지만 아무리 두들기고 긁어도 흠집 하나 나지 않는다. 그도 그럴 것이, 조금 전에 치나미 본인이 자랑했을 정도니까.

고잔은 지금 행복을 바라보고 있을까.

그가 갖고자 한, 이제는 먼 기억 속에나 존재할 진심 어린 아내의 미소. 그러나 고잔에게는 보이지 않는다. 현실의 아내가 미소와는 거리가 먼 표정을 짓고 있다는 것을.

"여보! 그만해, 아니야! 나 여기 있어! 그건 아니야! 아니라고! 이쪽을 봐! 이쪽을…"

"…사랑해, 치나미."

"나를 봐아아아아아아아아~~~~~"

아직도 계속되는 딱한 절규는 이미 로한에게 닿지 않는다.

"…그 여자와 전혀 관계없는 다른 행복이라도 보고 있었다면 '당신의 사랑인지 뭔지는 혼자만의 착각이었군, 꼴좋다!' 하고 쏘아주기라도 했겠지만… 고잔 잇케이는 생각보다 지고지순한 순정남이었군. 뜻밖이긴 해…"

재빨리 방을 뒤로하고 밖으로 나온 로한은 고잔의 집을 등지고 저녁놀에 물드는 길을 걸어갔다.

휴일까지 날리고 응한 초대였는데 손해가 막심하다.

좋은 거래를 한 것도 아니고, 결국 빈손으로 돌아가는 처지라니. 로한의 입장에서는 이만저만 헛걸음이 아니라고 할 수 있다.

"하다못해 CD나 만화라도 가져올 수 있었다면 그 〈상자〉 인지에 대한 평가도 달라졌을 테지만… 하긴 〈상자〉 자체는 소재가 될 수 있을지도 모르겠군. 그래도——"

행복.

그것은 짧은 단어지만, 한마디로 설명할 수 있는 것이 아니다.

그 방에서 본 모든 것이 로한에게 정말 행복이었을까.

적어도 비밀이 밝혀진 지금은 '이게 너의 행복이지? 자, 받아' 하고 내미는 것에 순순히 기뻐하기에는 고까운 생각이 든다.

더구나 어이없이 수면제에 취해… 어디까지가 〈상자〉가 보여준 것이었을지. 이제는 알 방법이 없다.

"그나저나… 성가신 부부였어. 남편도 괴짜지만 아내도 만만치 않고. 아니, 그래서 서로 끌렸던 걸까? 그런 것치고 결말은 비참했지만. 물론 서로 사랑한다고 다 잘 산다는 법은 없고, 그렇게 단순한 일도 아니겠지만 도무지 알 수가 없군… 대체 뭐지? 부부란 다 그런가?"

…고잔 부부는 서로 사랑하기는 했을 것이다.

다만 서로가 바란 행복의 형태가 슬플 만큼 어긋나 있었을 뿐.

"연애 같은 것을 완전히 부정할 생각은 없지만… 역시 나와는 인연이 없군. 결혼까지 한 사람들이 그렇게도 서로가 원하는 행복이 다를 수 있나…? 사람의 내면은 그야말로 〈헤븐즈 도어〉라도 아니면 들여다볼 방법이 없는데."

엇갈림, 불화, 그리고 빠져드는 수렁.

그런 인간관계는 수도 없이 봐왔다고 자부한다. 이번 일은 한 예일 뿐이다.

그럼에도 불구하고 기묘하게도 서로 맞물리는 지점을 발견하고 놀랄 만큼 순조롭게 풀리는 관계도 있다. 로한이 드물게 친구로 여기며 아끼는 소년이 바로 그러하다.

엇갈림과 맞물림.

그 경계선은 어디에 있는 것일까.

그것은 둘째 치고, 만화에 쓸 소재로는 흥미로운 문제일지도 모른다…

"…그래, 헛걸음만 한 휴일인가 싶었는데 한 가지 수확은 있었군."

여러 가지로 생각해봤지만 적어도 한 가지.

확신을 얻은 것은 있었다.

"한동안 결혼은 사양이다."

유야나기다이

미야모토 미레이

아마이로天色라는 색이 있다. 구름 한 점 없이 쾌청한 하늘이 연상되는 선명한 파란색을 말한다.

파란색은 긴장을 낮추고 집중력을 높이는 효과가 있다고 한다. 일에 치인 만화가가 책상을 떠나 밖으로 뛰쳐나가는 것은 원고를 독촉하는 편집자에게서 도피하기 위해서도, 어시스턴트의 어이없어하는 시선에서 벗어나기 위해서도 아니다. 빨려들 듯한 하늘색을 직접 눈으로 보고 멋진 〈아이디어〉를 얻기 위해서다.

만화가인 키시베 로한도 예외가 아니어서, 그 쨍한 파란색 하늘 아래의 공원 벤치에 앉아 스케치북을 펼치고 있었다.

"…역시 좋다니까, 밖은."

부드러운 햇살이 마음을 따스히 데우고, 신록의 향기가 코끝을 간질였다.

이미 몇 가지 〈아이디어〉를 떠올리기는 했지만 로한의 진짜 목적은 〈아이디어〉가 아닌 〈리얼리티〉를 얻는 데 있었다. 다음 단편 작품에 쓰기 위해 아이들이 공원에서 노는 모습을 스케치하고 싶었던 것이다.

전에는 카메라에 담곤 했지만 요즘은 아이들의 방범의식이 이상할 정도로 높아졌다. 어른이 인사만 해도 휴대용 방범 벨을 울린다. 옆을 지나가기만 해도 방범 벨, 시야에 들어오기만 해도 방범 벨을 울린다. 그러니 카메라를 들이대는 것은 어불성설이다.

그런 점에서 스케치는 경계심을 자극하지 않고 아이들의 모습을 기록할 수 있다. 요즘 아이들은 어떤 장난감에 열중하며 뭘 하고 놀까. 수확은 양호했다.

'내가 〈어린 시절〉에는 집에서 만화만 그렸지만… 다른 녀석들은 어떤 놀이를 했더라… 누군가 공을 가져오면 함께 차거나 던지거나 굴리며 놀았던 것도 같지만. 그리고… 그래, 막대기. 적당한 길이의 나뭇가지나 막대기를 찾아서는 바보처럼 휘두르며 떠들어댔지.'

그리고 이 공원의 아이들로 말하자면.

누군가 가져온 공을 함께 차거나 던지거나 굴리고, 적당한 길이의 막대기를 휘두르며 바보처럼 떠들어댄다.

즉 변함이 없다는 뜻이다. 예나 지금이나. 아무리 방범의식이 높아도 아이들은 공과 막대기에 열중한다. 그런 유전자라도 있는 것일까. 아니면 바보이기 때문일까.

'하긴, 바보라서겠지.'

로한이 그렇게 결론을 내렸을 때.

태애애~~앵…

날아온 공이 벤치를 정통으로 맞히고 발밑에 굴렀다. 얼얼하게 전해지는 진동에 얼굴을 찡그리고 있자니, 이어서 뭔가가 주욱 미끄러지며 다가왔다. 막대기였다.

"죄송합니다~~! 공 좀 던져주세요~~!"

"그리고 막대기! 막대기도요~~!!"

미안한 기색도 없이 아이들이 소리친다. 조금만 빗나갔다면 벤치가 아니라 사람이 맞았을지도 모르는데.

로한은 그들의 얼굴을 몇 초 동안 차근차근 바라본 후 발밑으로 시선을 떨궜다.

"이걸 던지면 되나?"

아이들이 끄덕인다. 로한은 스케치북을 옆에 놓고 귀찮은 듯 엉덩이를 떼고 공과 막대기를 주웠다.

"좋고말고."

대답과 동시에 로한은 공원에 인접한 주택 정원으로 공을 던졌다. 이어서 막대기를 무릎에 대고 부러뜨려 〈V자〉로 꺾은 다음 그것도 집어던졌다.

"분명히 던져줬다!"

"아아아아아아아!"

입을 떡 벌리고 아이들이 절규한다. 막대기를 가지고 놀던 아이는 지금 상황이 이해가 안 가는지, 멍하니 서서 멀건 콧물 줄기만 대롱대롱 달고 있었다.

"좋았어! 바로 그 표정을 보고 싶었다!"

로한은 악마처럼 심술궂은 웃음을 띠고 그들의 표정을 눈에 새겼다. 요즘 아이들의 몸짓, 행동, 희로애락 표현은 봤지만 〈리얼리티〉를 위해 또 한 가지 필요한 정보가 있었다. 〈깊이 절망한 얼굴〉이다. 매달린 콧물 줄기도 나쁘지 않다.

"이제 더한층 만화에 〈리얼리티〉를 부여할 수 있겠군. 대단히 고맙다."

뛰어가는 아이들을 눈으로 좇으니, 그들은 초인종도 누르지 않고 공이 날아간 집으로 뛰어들어갔다. 집주인의 것인 듯한 비명이 들린다.

"…그럼."

방범 벨을 울리기 전에 돌아갈까.

그렇게 생각하며 돌아서자——

"……?"

언제부터 거기 있었을까.

로한이 앉아 있던 벤치에 한 소년이 있었다.

나이는 예닐곱 살 정도일까. 벤치 위에 엎드려 스케치북을 들여다보고 있었다. 종이를 팔락팔락 넘겨보지만 러프 스케치를 〈그림〉으로 인식하지는 못하는지, 신기한 듯 페이지를 이리저리 오간다.

'뭐지? 이 꼬마는… 아까 그 녀석들의 친구… 같지는 않군. 이런 녀석은 없었을 텐데.'

한쪽 눈을 찌푸리고 소년을 내려다본다.

"이봐, 누구 마음대로 건드리는 거지? 그 스케치북은 내 거야."

말을 걸지만 소년은 잠시 눈길을 줄 뿐, 곧 다시 페이지를 넘기기 시작했다.

노골적인 무시. 로한은 관자놀이가 당기는 것을 느꼈다.

"이…!"

벤치에 걸터앉아 소년에게 얼굴을 바짝 대고는 스케치북을 손가락으로 가리켰다.

"너무 어린애라서 말뜻을 모르나? 더러운 손으로 만지작거리지 말란 말이야. 그, 스케치북을, 만지지, 마."

아기에게 말을 가르치듯 한 마디 한 마디 끊어가며 말을 건다. 거기까지 하자 겨우 소년은 고개를 들었다. 그리고 어리둥절한 표정으로 눈을 깜박인다.

"……"

로한은 소년과 마주보며 가만히 기다렸다. 몇 시간이고 기다릴 셈이었다.

이 소년이 〈사과의 말〉을 할 때까지.

시간낭비이긴 했지만, 로한이 먼저 굽힐 생각은 추호도 없었다.

이 소년은 어떻게 사과할까. 로한은 상상했다. 역시 아이답게 〈잘못했어요〉라고? 아니면 가정교육을 잘 받아서 〈정말 죄송합니다〉라고 하려나. 자기의 어리석은 행동이 부끄러운 나머지 얼굴을 붉히고 고개만 숙일 가능성도 있다… 물론 어느 것이든 용서할 마음은 없지만.

눈싸움을 하던 시간은 1분 정도.

결국 소년은 ──

아무 말 없이 스케치북으로 시선을 돌렸다.

"이봐!!"

저도 모르게 언성을 높이고 소년의 멱살에 손을 뻗는다. 그때였다.

"켄! 거기서 뭐하니?"

낯선 여자가 소리치며 다가왔다. 아마 이 소년의 어머니인 듯하다.

여자는 한순간 범죄자라도 보는 눈으로 로한을 노려봤지만, 소년이 들여다보는 스케치북을 알아차리고 자기가 지레

짐작했음을 이해한 듯하다.

"어머나…!"

소년의 허리를 팔로 감아 재빨리 앉힌 후 여자는 고개를 숙였다.

"죄송합니다, 저희 애가 마음대로… 자, 켄! 이 형한테 〈잘못했어요〉 해야지."

꾸벅, 하고 소년도 고개를 숙인다.

"……으음……"

어떻게 할까, 로한은 고심했다. 처음 봤을 때 여자의 시선은 확실히 말해서 못마땅했고, 더욱이 소년에게 받은 불쾌감은 이미 극치에 달해 있었다. 하지만 모자가 나란히 사과하는 이 상황에서 호통을 치는 것은… 아무래도 주위의 이목이 신경쓰여 자제한다.

"아니… 됐으니까 신경 안 써도 돼."

달리 할말도 없어서 그 정도로 그친다. 더이상 이런 모자에게 시간을 낭비하느니 좀전에 본 〈깊이 절망한 얼굴〉을 스케치해두는 게 더 중요했다── 그러나.

"어머!"

여자는 좀전과는 다른 억양으로 소리치며 로한의 손에서 스케치북을 낚아챘다.

"어?!"

당황해서 소리를 높였지만 여자는 멈추지 않았다. 아무렇게나 페이지를 넘기고 눈을 휘둥그레 떴다, 고개를 갸웃거렸다 한다.

"가만 보니 무척… 그, 개성적? 이라고 해도 될까요? 독특한 맛이 있다고 할까… 잘은 몰라도… 그렇네요. 잘 그리시네! 혹시 만화 같은 걸 그리거나, 그러세요?"

'이, 이 여자가…?'

역시 호통을 쳐서 쫓아버릴 걸 그랬다.

'뭘 마음대로 보고 그럴싸하게 평가하고 있어? 독특한 맛이 있다는 건 〈달리 칭찬할 것이 없는 범작〉에다 쓰는 코멘트인데?'

그것이 〈만화〉에 대한 감상이라면 로한은 격앙했겠지만 여자가 본 것은 어디까지나 〈스케치〉다. 그렇다 해도 가치관이 안 맞는 인간과 이야기를 이어갈 의무는 없다.

로한은 얼른 그 자리를 떠나려 했다.

한숨을 쉬고 스케치북을 돌려받으려 할 때,

"만화가 선생님이라면 신기한 이야기를 많이 아시겠네요. 저도 신기한 이야기를 하나 아는데요."

멈칫, 로한의 손이 멎는다.

"뭐라고?"

"그러니까 신기한 이야기를 안다고요. 만화로 그리면 아마… 건물 하나는 올릴 수 있을걸요?"

"건물 같은 건 필요 없어. 돈 때문에 만화를 그리는 것도 아니고. 하지만… 신기한 이야기라고 했나? 달걀을 깼더니 노른자가 두 개였다거나, 고양이가 새끼를 열 마리나 낳았다는 이야기 같은 거라면 아무리 만화로 그려도 건물은 못 세우겠군."

로한은 코웃음을 쳤지만 여자는 웃지 않았다.

소년의 옆자리에 앉은 채 진지한 얼굴로 로한을 올려다보고 있다.

"…정말 건물을 지을 만한 이야기인가?"

로한도 표정에서 웃음을 거뒀다.

그에게 돈이나 명성은 아무래도 상관없었다. 중요한 것은 〈그 정도로 신기한 이야기〉인가 아닌가다.

'수다를 좋아하는 여자가 어디서 들은 이야기를 옮기고 싶을 뿐…이라면 필요 없다. 구덩이나 파서 거기에 소리라도 지르라지. 하지만… 만약 그 이야기가 이 여자의 체험담이라면…'

거기에는 농밀한 〈리얼리티〉가 담겨 있을 것이다.

"죄송해요, 건물은 좀 오버했네요… 그래도 신기한 이야기라는 건 사실이에요. 괜찮으시면 들어주시겠어요? 이미 지나간 일이긴 하지만, 이 아이에게는… 그렇지 않거든요."

그렇게 말하고 소년의 어깨를 감쌌다.

"……"

여자는 스케치북을 내민다. 로한은 말없이 그것을 받았다. 〈깊이 절망한 얼굴〉을 그리는 것도 잊고, 얼른 떠나려던 결의도 잊고, 로한은 여자의 눈을 바라보았다. 그녀의 눈은 〈수다로 시간이나 보내자〉라는 등 하찮은 생각을 하는 주부의 눈이 아니다. 좀더 진지한, 누군가에게 이야기하지 않으면 짓눌려 터져버릴 듯한, 깊은 어둠을 품은 눈이다.

"좋아…"

소년을 사이에 두고, 로한은 벤치에 걸터앉았다.

"당신 이야기에 흥미가 생기는군. 아주 조금이지만."

여자의 얼굴이 활짝 밝아졌다.

"어디서부터 이야기하면 좋을지…

우리 가족은 남편의 일 때문에 모리오초로 이사온 지 1년쯤 됐어요. 역 서쪽, 산기슭에 있는 주택가 〈유야나기다이夕柳台〉에 단독주택을 세내서요.

참 멋진 곳이었어요. 무척 조용해서 벌레 소리 하나 안 들릴 정도였죠. 여기라면 집에서도 작업 능률이 오르겠다며 남편도 기뻐했고요. 아이는… 또래 친구가 없어서 심심하다고 불평했지만. 동네에는 노인들만 살았거든요.

불만이 있다면 집 근처 공원…일까? 놀이기구라고는 하나도 없고 공원이라기보다 모래밭으로 된 광장 같은 곳이거든요. 게다가 철책과 버드나무로 둘러싸여 있어서 꼭 갇혀 있는 느낌이에요. 버드나무는 가지가 위로 뻗었다가 밑으로 축 늘어지잖아요. 그게 하늘에 지붕을 씌운 것처럼 되어 있어서 낮에도 어두컴컴했어요.

그래도 이 아이한테는 귀중한 놀이터였어요. 가지고 놀기 좋은 막대기 같은 걸 찾아서는 탐험대 놀이를 하며 뛰어다니곤 하죠.

그런데 그날… 저녁장을 보고 돌아오면서 언제나처럼 공원에 들렀어요.

아이는 적당한 막대기 하나를 주워서는 자기가 탐험대 대장이라고 선언했어요. 그날의 목표는 아마 〈펜다라 성인〉을 찾는 것…이었을 거예요. 그 무렵 TV에서 특촬 히어로물을 방송했으니까 그 영향을 받은 거겠죠.

진짜로 〈펜다라 성인〉이 그런 곳에 있다면 진작 온 동네가 발칵 뒤집혔겠지만, 눈치 없이 흥을 깰 필요는 없잖아요. 마음껏 찾으라는 생각에, 저는 휴대폰이나 보며 기다리기로 했어요.

얼마나 지났을까… 갑자기, 정말 갑자기 공원이 쥐죽은듯 조용해졌어요. 마치 물속에 잠긴 것처럼. 좀전까지 아이가 〈펜다라 성인〉을 부르는 의식이라며 막대기로 덤불을 쿡쿡 찌르기도 하고, 철책을 탕탕 울리며 떠들어댔으니만큼 그 정적이 유독 두드러져서… 좀 으스스할 정도였네요.

문득 버드나무 가지에서 갑자기 큰 소리가 났어요. 바람도 안 부는데 와삭와삭… 하고. 나무 위에서 뭔가가 지나간 느낌이 들어서 저는 고개를 들었어요. 벼이삭처럼 늘어진 가지 사이로 자줏빛 하늘이 보였지만 아무것도 없었는데…

그때였어요. 누군가 제 다리에 매달린 것은.

너무 갑작스러워서 하마터면 비명을 지를 뻔했죠.

내려다보기가 무서웠던 게 기억이 나요. 나무 위에 있던 〈뭔가〉가 제 등뒤로 다가와 덤벼든 게 아닌가 하고요.

조심스레 발밑을 보고… 가슴을 쓸어내렸어요. 매달려 있던 것은 애였거든요. 하지만 안도감은 금세 날아가버렸어요. 왜냐면 애도… 지금까지 한 번도 본 적 없을 만큼 겁에 질린 얼굴이었거든요. 단순히 깜짝 놀라거나 어리둥절한, 흔히 볼 수 있는 그런 표정이 아니었어요. 오밤중에 마당에서 발소리를 들었을 때나 떠올릴 법한, 분명한 〈공포〉의 표정이었죠.

아이는 떨면서 어느 한 점을 가리켰어요.

아무것도 없는 공원이다보니 구체적으로 어디라고 설명하기는 어렵지만… 딱 공원 한복판쯤…이었을 거예요.

"저기 이상한 원숭이가 히죽히죽하고 있어."

아이가 중얼거리는 걸 듣고, 저는 나무 위를 지나가는 〈원숭이〉의 모습을 떠올렸어요. 하지만 가리킨 쪽을 봐도 〈원숭이〉 같은 건 없었죠. 당연하잖아요, 주택가인데. 〈원숭이〉 같은 게 어디 있겠어요.

피곤한 모양이니 얼른 재워야겠다 싶어서, 바로 공원을 나왔어요. 사실 저도 의식 못했던 모양이지만, 어지간히 세게 아이의 팔을 끌고 왔는지… 집에 다다를 때까지 아이는 계속 아프다며 칭얼거렸어요.

다음날 아침 설거지를 하는데, 아이가 "마당에서 놀래" 하더군요.

솔직히 마음이 놓였어요. 공원에는 썩 가까이 가고 싶지 않았으니까. 게다가 집마당에서 논다면 집안일을 하면서 아이를 살펴볼 수도 있고요.

세탁기를 돌리는 동안 마당에서는 팡, 팡… 하고 고무공이 튀는 소리가 들렸어요. 옆집과 우리집 사이에 담장이 있는데, 거기에 공을 던지며 놀고 있었던 거겠죠.

빨래를 널려고 마당으로 나가는데 튕긴 고무공이 댓돌까지 굴러오길래… 저는 빨래통을 툇마루에 내려놓고, 공을 주우려고 허리를 숙였어요.

그때 불길한 예감이 들었죠. 예감이라기보다 오한이라는 표현이 옳을지도 모르겠네요. 뭘까, 하고 공을 주우며 고개를 들어보니⋯ 아이가 담장 위를 보며 떨고 있는 거예요.

혹시나 또⋯

전날처럼 겁먹은 표정으로 아이가 돌아봤어요. 그리고 전날과 똑같이 담장 위를 가리키며 말하는 거예요.

"이상한 원숭이가 히죽히죽거려"라고.

하지만⋯

전날과 다른 점이 하나 있었어요.

아이의 손가락이 움직인 거예요. 담장 위를 움직이는 〈뭔가〉를 따라가듯이 스윽── 하고.

그게 뭐라고 할까⋯ 획 하고 움직였다가 우뚝 섰다가, 완급이 심한 움직임이었어요. 마치⋯ 그래요. 바퀴벌레의 움직임에 가까웠을지도 몰라요. 사사사삭, 멈칫⋯ 사사삭, 멈칫⋯ 하는.

이상한 상상을 해버렸다고 후회했을 때, 아이의 손가락이 담장 위가 아니라 마당을 가리켰어요.

담장에서 내려온 〈뭔가〉가 점점 이쪽으로 다가오는 거예요.

그렇게 깨달은 순간, 저는 아이를 안고 집안으로 뛰어들었어요.

다행히 집에 들어오자 아이는 진정됐지만, 이틀 연속으로 보이지 않는 〈원숭이〉에 겁을 먹는다는 건 심상치 않다는 생각이 들어서… 저도 불안한 마음에 남편과 의논을 했어요. 하지만 남편은,

　"놀이상대가 없는 아이는 상상 친구를 만드는 법이야. 나도 그런 적이 있으니까."

　그러면서 진지하게 받아들여주질 않는 거예요.

　상상 친구라면 무서워할 것 같지는 않은데, 저 역시 보이지 않는 〈원숭이〉에 대한 설명이 필요했으니까 그런가보다… 하고 넘어가버렸어요.

　또 〈원숭이〉가 보인다고 하면 의사에게 데려가야지.

　그렇게 생각하다가 며칠이 지났어요.

　그날은 아이가 좋아하는 만화영화를 하는 날이어서 아침부터 신이 나 있었어요. 방송은 여섯시부터인데도 다섯시가 되자마자 이미 TV 앞에 앉아서 연신 시계를 확인하는 눈치였죠.

　그리고 방송이 시작되자 아이는 큰 소리로 주제가를 부르기 시작했어요. 〈원숭이〉 사건 이후 쭉 주눅이 들어 있었기 때문에, 이제야 기운이 나나보다 싶어 저도 기뻤죠. 그래서 특별 간식을 준비해주려고 했어요. 아이가 가장 좋아하는 초콜릿 케이크와 달콤한 코코아를요.

그런데 냉장고를 열려고 부엌으로 갔을 때,

"억…"

갑자기 아이가 이상한 소리를 냈어요. 주제가가 끝난 건 아니었어요. 아직 TV 화면에서는 알록달록한 옷을 입은 주인공이 뛰어다니고 있었으니까.

마치 관절이 삐걱삐걱 소리를 낼 듯한 움직임으로 아이는 천장을 올려다보더니… 이내 얼굴에서 핏기가 가시고 바짓자락에선 물이 뚝뚝 떨어지기 시작했어요. 선 채로 오줌을 싼 거예요. 발밑에 점점 물웅덩이가 퍼져가는데…

얼른 아이에게 달려가려 했어요. 하지만 제가 한 발을 내딛는 것보다 먼저,

──털썩──

뭔가가 아이를 덮쳤어요. 아니, 보인 것은 아니에요. 다만 뭔가에 깔리는 것처럼 아이가 벌러덩 넘어졌어요.

"으아아앙! 원숭이, 원숭이가! 원숭이가아아아!!"

눈을 희번득하게 뜨고, 공포에 질린 얼굴로 아이는 절규했어요.

쓰러진 아이를 제가 안아 일으킬 때까지 5초도 걸리지 않았을 거예요. 아이는 눈이 뒤집힌 채 망가진 우물 펌프처럼 거품을 뿜어냈어요. 입 주변이 온통 허옇게 될 정도로 끊임없이 부글부글…

그다음 일은 잘 기억나지 않아요.

정신을 차리고 보니 병원 벤치였고, 남편이 손을 잡아주고 있더군요.

의사선생님은 생명에는 지장이 없다고 했지만… 그후 아이는 말을 못하게 돼버렸어요.

저는 〈원숭이〉를 못 봤어요. 하지만 정말 그곳에는 무시무시한 〈원숭이〉가 있는 게 아닌가 생각되기 시작했고… 마침 그 시기에 둘째가 들어선 걸 알았기 때문에, 아이들에게 미칠 영향을 생각해서 그곳을 떠나기로 했어요.

모리오초 변두리에 있는 〈유야나기다이〉에서…"

이야기에 지쳤는지, 말을 마친 여자는 깊이 한숨을 쉬었다.

"……"

로한은 말없이 소년을 바라봤다.

—이 아이는 말을 못하게 돼버렸다.

여자가 말한 대로, 처음 만났을 때부터 소년은 한마디도 말이 없었다. 아마 〈유야나기다이〉에서 만났다는 그 〈원숭이〉 때문에.

"그래서 말인데요…"

여자가 눈을 올려 뜨고 이쪽을 본다.

"좀전에 여쭤본 대로, 만화가 선생님이라면 신기한 이야기를 많이 아시겠죠? 혹시 비슷한 이야기를 들어보신 적 없나요? 얘가 말을 되찾을 계기가 될 만한…"

"계기라…"

로한은 턱을 괴고 눈을 내리깔았다. 〈원숭이〉에 얽힌 일화는 세계 각지에 남아 있다. 〈서유기〉의 손오공이나 〈라마야나〉의 하누만 등. 일본에서는 〈모모타로〉나 〈원숭이와 게의 전쟁〉 등이 잘 알려져 있다. 인신공양을 요구하는 비비나 여자와 아이들을 잡아가던 큰 원숭이를 떠돌이 무예가가 퇴치한다── 그런 옛날이야기는 일일이 헤아릴 수도 없다.

그러나 〈말을 못하게 한다〉〈말을 빼앗는다〉는 종류의 이야기는 들어본 적이 없어서, 로한은 고개를 저었다.

"미안하지만… 짐작 가는 곳이 없군."

"그러신가요…"

옆에서 봐도 알 만큼 여자의 어깨가 힘없이 처진다. 그녀가 만화가라는 직업을 어떻게 생각했는지는 몰라도 상당히 기대를 걸었던 모양이다.

"그런 것보다─"

로한이 말을 걸었을 때 공원 입구에서 목소리가 들렸다.

누군가의 이름을 부르는 소리.

아무래도 이 여자를 부르는 듯하다. 그녀는 "아" 하고 중얼거리더니 얼른 일어나 잰걸음으로 뛰어갔다.

그쪽을 힐긋 보니 유모차를 모는 엄마들이 한 무리를 이루고 있었다.

여자는 유모차 하나에서 아기를 안아올리더니 품에서 어르기 시작했다. 로한은 그녀의 말을 떠올렸다. 둘째를 임신한 것을 알았다고— 분명 그렇게 말했다.

'저 여자는 아기도 내버려두고 여기서 사연을 풀고 있었던 건가.'

그랬다고 해도 상관은 없지만, 기왕이면 좀더 상대를 해줬으면 했다. 로한은 이렇게 말하려 했던 것이다. 그런 것보다 〈원숭이〉에 대해 좀더 자세히 가르쳐줄 수 없겠냐고.

하긴 그녀는 〈원숭이〉를 목격하진 않았다고 했으니 별다른 정보는 얻을 수 없을 것이다. 유일한 목격자인 소년이 옆에 있기는 하지만 말을 못한다면 아무래도…

'…아니지?'

로한은 다시 생각하고 소년에게 말을 걸었다.

"이봐, 꼬마야. 켄…이라고 했나? 켄타인지 켄지인지는 몰라도… 하긴 그거야 어느 쪽이든 상관없겠지."

대답은 없지만 반응은 있었다. 켄의 동그란 눈동자가 로한을 향한다.

"괜찮으면, 켄이 봤다는 〈원숭이〉가… 어떤 녀석이었는지 여기 그려봐줄 수 있을까?"

스케치북과 연필을 두 손으로 들고 켄에게 내민다. 그에게 트라우마일 〈원숭이〉를 그리게 한다는 미안함은 있었지만 호기심이 더욱 앞섰다.

손쉽게 〈켄의 기억〉을 들여다보는 방법도 있었지만 대낮의 공원에서 눈에 띄는 행동은 피하고 싶었다. 물론 아이가 〈원숭이〉를 그리고 싶어하지 않는다면 그것도 불사하겠지만.

그러나 로한의 우려와 달리 켄은 순순히 스케치북과 연필을 받아주었다.

"…고맙다."

사의를 표하고 켄의 〈그림그리기〉를 지켜본다. 그림 솜씨는 썩 뛰어나지 않았지만 선에 망설임이 없다. 하얀 페이지가 점점 메워진다.

"켄―! 이제 집에 가자!"

켄의 손이 멈추는 것과 거의 동시에 엄마의 목소리가 들린다. 켄은 처음 만났을 때와 마찬가지로 아무 말도 없이 로한의 곁에서 물러났다.

'이게… 〈원숭이〉라고…?'

아이에게 사실적인 그림을 기대하지는 않았다. 그렇더라

도, 거기에 그려진 것은 로한이 알고 있는 〈원숭이〉가 아니었다.

팔다리는 거미처럼 가늘고 길며, 어깨나 고관절 구조를 무시한 채 거북하게 꺾이고 뒤틀려 있다. 지면을 핥듯이 납작 엎드린 모습은 원숭이라기보다 귀뚜라미나 메뚜기에 가깝다. 더구나—로한은 켄에게 연필만 준 것을 후회했다—온몸이 〈새카만〉 것이다. 대충 슥슥 칠한 것이 아니라, 흰 부분을 모조리 없애려는 듯 철저하게 칠해서 메워놓았다.

다만… 흰 부분이 딱 한 곳 있었다.

이빨이다.

〈원숭이〉의 입에 해당하는 부분이 초승달 모양으로 갈라져 있고, 거기에 하얗고 삐죽빼죽한 이빨이 늘어서 있었다.

마치 〈히죽히죽〉 웃고 있는 것처럼.

'이게 〈원숭이〉라 치고… 〈히죽히죽 웃는 검은 원숭이〉…라는 건가.'

문득——

인기척을 느끼고 고개를 들자 눈앞에 소년이 있었다. 켄은 아니다. 좀전에 로한이 막대기를 꺾어 던져준, 코흘리개 꼬마다.

"뭐야, 무슨 일이지?"

퉁명스럽게 물었지만 코흘리개 꼬마는 멍하니 서 있을 뿐 아무 말이 없다. 아니— 가만히 보니 소년은 끈처럼 생긴 것을 손가락에 말고, 막 그것을 당기려는 중이다. 그 끈이 달린 타원형 플라스틱은…

삐이이이이이——!!

그것이 뭔지 깨달은 직후, 경보기 소리가 요란하게 울려 퍼졌다.

낮의 청명한 파란색과는 전혀 다르게, 하늘은 자주색으로 변해가고 있었다. 무수한 까마귀가 하늘을 이리저리 날며 탁한 울음소리를 흩뿌리고 있다.

"설마 정말로 경보기를 울릴 줄이야… 제길! 고작 막대기 하나를 가지고! 그거 좀 부러졌다고 그렇게까지 한단 말이야? 보통…"

공원에서 뛰어나온 지 벌써 두 시간이 지났다. 사람들의 눈을 피하기 위해 뒷골목 몇 군데를 지나, 로한은 지금 모리오초 변두리의 어느 비탈을 오르고 있다.

요란한 까마귀 울음소리에 얼굴을 찌푸리며 이마의 땀을 닦는다. 현장 조사에는 익숙하다고 생각했지만 전력질주한

후 쉬지도 못하고 계속 걸은 탓에 발바닥과 종아리의 뻐근함이 가시지 않는다. 그래도 목적지는 바로 코앞일 터. 이제 와서 앓는 소리를 할 이유는 없다.

—일찍이.

일본 전국에 호황의 바람이 불 때, 모리오초에서도 도시개발이 성행했다. 전선은 땅속에 묻히고, 쓸모없어진 전신주 대부분이 철거되었다. 도시 경관은 몰라보게 아름다워졌지만 그로 인해 생겨난 불편도 있다. 그중 하나가 주소 표시다.

도쿄에서는 전신주에 표시된 번지수를 의지하며 길을 찾아갈 수 있지만 모리오초에서는 그럴 수가 없다. 안내판이 있는 큰길이라면 모를까, 주택가 한복판에서 현재 위치를 확인하려면 스마트폰의 지도와 눈싸움을 해야 했다.

'이 부근일 텐데…?'

완만한 비탈을 다 오르자 깔끔한 주택가가 나왔다.

저물어가는 석양이 더한층 아름답게 느껴졌다. 그도 그럴 것이 단층 건물이 많아 하늘이 탁 트여 있기 때문이다. 그 사실을 알아차린 것은 한 집씩 곁눈질하며 걸음을 옮길 때였다. 어느 집이나 새롭고 널따란 부지를 자랑하고 있다.

고지대에 위치한 주택가답게 길은 어디나 비탈져 있었다. 공을 내려놓으면 스르르 굴러갈 듯한 약간의 경사.

완만한 비탈을 한동안 걸어가다가 초록색 십자가가 붙은

게시판을 발견했다.

"아무래도…"

게시판에 적힌 지명을 확인한다.

"여기가 틀림없는 모양이군."

유야나기다이 자치회. 게시판에는 그렇게 적혀 있다.

〈유야나기다이夕柳台〉— 그 글자를 로한은 다시금 눈으로 좇았다.

"만화란…"

누군가에게랄 것 없이 혼자 중얼거린다.

"〈아이디어〉만으로 재미있어지는 것이 아니야. 만화를 그려본 적이 없는 사람도 재미있는 〈아이디어〉 한두 개쯤 떠올리는 것은 어렵지 않으니까."

따라서 이렇게 재미있는 〈아이디어〉를 떠올린다면 당장 데뷔할 수 있겠지— 만화가를 꿈꾸는 사람은 처음에는 그렇게 생각한다. 그것이 큰 착각인 줄도 모르고.

"멍청이! 중요한 것은 〈아이디어〉가 아니라 〈리얼리티〉야. 자기 자신이 보고 듣고 체험한 소재여야 만화는 재미있어지는 법이지!"

그래서 여자가 들려준 이야기에 귀를 기울이고, 〈히죽히죽 웃는 검은 원숭이〉의 단서를 얻었다.

모든 것은 이곳에서, 그놈의 정체를 확인하기 위해서다.

"…응?"

문득, 게시판에 버드나무 가지가 늘어져 있는 것이 눈에 띄었다.

지명을 확인하는 데 급급하다 놓친 것인지, 게시판 뒤에 커다란 버드나무가 서 있었다. 한 그루만이 아니다. 도로를 따라 몇 그루나. 무수한 가지가 늘어진 모습은 마치 신록의 분수 같아서, 산책하며 이런 풍경을 즐길 수 있다면 이 일대의 개들은 운동부족과 거리가 멀겠다고 로한은 생각했다.

좀더 바라보고 싶은 마음도 있었지만, 그보다는 궁금한 것이 있었다. 안쪽에 광장이 보인 것이다.

게시판에서 물러나 광장 입구를 찾아 발을 옮긴다. 버드나무와 함께 도장이 벗겨진 철책과 담이 이어져 있어서 광장의 모습은 잘 보이지 않는다.

이윽고 철책이 끊어진 곳이 한 군데 나왔다. 안을 들여다보니 아무래도 그곳이 입구인 듯하다. 차량 진입 방지용 기둥이 서 있다.

"버드나무에 둘러싸인 광장… 혹시 여기가 그 여자가 말하던 공원일까?"

로한이 중얼거리자 그에 동의라도 하듯 한 줄기 바람이 불었다. 주변의 버드나무가 일제히 가지를 흔들고, 와삭… 와사삭… 하며 메마른 소리를 낸다. 버드나무 사이를 지나며 떨어지는 저녁 햇빛이, 꺼져가는 등불처럼 깜박깜박 흔들렸다.

여자가 말한 대로 놀이기구는 하나도 없었고, 황량한 풍경이 펼쳐져 있었다.

바람에 날린 모래먼지가 발밑을 흘러간다. 인기척은 티끌만큼도 없고, 초록에 둘러싸인 공간인데도 버석버석한 모래색만이 느껴진다. 정말로 아무것도 없는 모래땅일 뿐이었다.

면적은 테니스코트 두 개가 들어갈까 말까. 밖에서 볼 때는 버드나무가 그리 신경쓰이지 않았는데, 안에 들어와서 보니 지붕처럼 뒤덮인 것이 확실히 갑갑하다.

이 공원이 맞는지, 로한은 스마트폰 지도로 주변을 확인해봤지만 〈유야나기다이〉에 있는 공원은 여기뿐이었다.

"생각보다 좁지만, 그래도… 이 정도라야 〈히죽히죽 웃는 검은 원숭이〉를 찾기는 쉽겠군."

로한은 스마트폰을 넣고 우선 〈히죽히죽 웃는 검은 원숭이〉가 있는지 덤불을 뒤지고 버드나무를 올려다봤다. 나뭇가지 사이로 희미하게 자줏빛 하늘이 보일 뿐, 원숭이 같은 모습은 아무데도 없었지만.

그렇다면 흔적을 찾아볼까 하고 지면을 살피려 하자―

"음?" 지면에 일부, 모래가 얕게 깔린 부분이 있었다. 발로 모래를 걷어내자 직경 10센티 정도의 둥그런 콘크리트가 드러났다. 가만히 들여다보니 마찬가지로 모래에 덮인 콘크리트가 몇 군데 더 보였다.

"뭔가 구멍을 메운 흔적인가?"

누군가 〈히죽히죽 웃는 검은 원숭이〉의 흔적을 감추려고 발자국을 메웠는가 생각했지만, 그런 것치고는 위치가 너무 규칙적이다. 어느 곳은 일정 간격으로. 다른 곳에서는 장방형으로.

"그래… 알겠다. 전에는 놀이기구가 있었군."

그네, 철봉, 스프링 목마— 이것은 그것들을 철거한 흔적이다.

처음 이곳에 찾아온 로한이라도 놀이기구가 있었던 무렵의 광경을 생생히 떠올릴 수 있었다. 그러나.

"왜지? 부지를 팔 것도, 집을 지을 것도 아니면서 왜 놀이기구만 철거했을까? 사고라도 있었나?"

아이가 그네나 철봉에서 떨어져 크게 다쳤다. 그런 뉴스를 로한도 들은 적은 있었다.

"그렇다면 〈히죽히죽 웃는 검은 원숭이〉의 정체는 사고로 죽은 아이의 원령…일 가능성도 있겠군. 어린아이의 얼굴은 원숭이처럼 보일 수도 있으니까."

애도는 하지만 겁내지는 않는다. 유령이 무서우면 만화를 그릴 수 있겠는가.

"어떻게 하지? 일단 도서관에 가서 사망사고 기록을 조사할까? 아니…"

문득 떠올리고 로한은 스마트폰을 꺼내들었다.

연락처에서 담당 편집자의 이름을 택한다. 도서관까지 갈 시간이 아까워 로한은 사고 기록 조사를 편집자에게 부탁할 생각이었다. 염치없는 부탁이기는 하지만 다음 단편 작품에 활용할 수 있을지도 모르니 그리 부당한 요구는 아닐 것이다.

신호음이 한 번 울릴까 말까 한 타이밍에 상대가 전화를 받았다.

"…여보세…"

첫마디가 끝나기도 전에.

이쪽의 말을 가로막고 편집자가 뭐라고 떠들어댔다. 안 그래도 전화하려던 참이었다나 뭐라나. 하도 말이 빨라서 잘 들리지 않는다. 우선 마음을 가라앉히고 말하라고 로한이 타이르려는데,

"뭐…?"

전하는 내용에 미간을 좁힌다.

"단편 마감을… 잘못 전달했다고?"

전화 너머에서 누군가 고함을 지른다. 편집장의 목소리다.

지난번 미팅 때는 마감이 다음달이라고 들었는데.

"그래서 진짜 마감은 언제인데? 음. 아하… 뭐—"

툭, 하고 로한의 어깨가 떨어진다.

"뭐야, 일주일이나 남았다고…? 놀라게 하지 마. 난 또 '사실은 이미 지났습니다'라고 말할 줄 알고… 간담이 서늘해진다는 말 있잖아. 그건 그냥 병이 아닐까 하고 지금까지 생각했는데, 진짜 서늘해지기도 하는군… 뭐, 45페이지라면 5일 안에 그릴 수 있어. 작업이 느린 다른 녀석과 똑같이 보지 말라고."

사실은 3일만 있으면 그릴 수 있지만, 지금은 이 공원에서 무슨 일이 일어났는지 조사하는 것이 먼저다.

아직도 사과를 거듭하는 편집자를 상대하기 성가셔서 로한은 적당히 넘기기로 했다.

"이제 사과는 그만해도 돼… 됐다니까. 그만. 사과는 필요 없고, 대신 부탁 하나 들어줄 수 있을까? 아니… 원고료 얘기가 아니라… 모리오초 어귀에 〈유야나기다이〉라는 주택가가 있는데, 그곳 공원에서 과거에 사고가 일어난 적이 있는지 조사해줬으면 해… 그래. 어린이 사망 사고라거나… 그렇지. 놀이기구가 모두 철거되고 없군."

죽어가는 모기처럼 기어들어가던 편집자의 목소리가 서서히 밝아진다. 눈앞에 드리워진 오명을 만회할 기회에 그는 힘차게 달려들어주었다. 이만하면 제법 열의에 차서 조사를 해주겠지.

그렇다고 해도.

취재를 완전히 맡겨버리는 무성의는 로한의 신조에 위배된다. 스스로 사건의 진상을 알아냈을 때의 놀라움 역시 귀중한 〈리얼리티〉와 이어지기 때문이다.

로한은 호주머니에 스마트폰을 다시 넣고, 자기 발로 근처를 돌아보기로 했다. 놀이기구를 모두 철거할 정도의 사고라면 인근 주민도 뭔가 알고 있을 것이다. 개를 산책시키거나 정원 일을 하는 사람… 그런 사람들로부터 이야기를 듣는 것도 나쁘지 않다.

그렇게 생각하고 공원을 나오자마자.

로한은 발을 멈췄다.

"……"

열다섯에서 스무 명… 많은 노인들이 공원 앞에 모여 있었다.

그들은 하나같이 무례한 시선을 던졌다. 천천히 관찰하듯 로한을 위아래로 훑는 시선들. 눈이 마주쳐도 겸연쩍어하는 낌새 하나 없다.

솔직히 상당히 불쾌했다.

로한은 묵묵히 노인들을 쏘아봤다. 이 상황에서 먼저 말을 거는 것은 너무 우스꽝스러운 기분이 들었기 때문이다.

"자네… 〈유야나기다이〉에 새로 이사온 사람인가?"

노인 하나가 앞으로 나섰다. 벗어진 머리에 갈색 반점이 여기저기 있는, 세계지도 같은 머리를 한 남자였다.

"아니, 그저 지나가던 길인데…"

"그렇구먼― 아니, 공원에서 웬 사람이 중얼거리고 다닌다 길래 다 같이 보러 나왔지 뭔가."

히히히히… 하고 노인들 사이에 잔물결 같은 웃음소리가 퍼진다.

'그래, 또 수상한 사람 취급을 받았다 그거로군.'

사정을 알았다고 해서 불쾌한 기분이 나아지지는 않았지만, 이쪽의 마음을 아는지 모르는지 세계지도 영감은 말을 이었다.

"〈유야나기다이〉는 말이야, 아〜주 좋은 곳이라네. 참 조용하고 말이지…"

조용하다는 말에 로한이 주위를 둘러보니, 언제부터인지 까마귀 울음소리가 들리지 않는다. 〈유야나기다이〉의 언덕길을 올라오던 도중에는 그토록 시끄럽게 울어댔는데.

"바닷가 쪽… 〈유야나기다이〉보다 〈아래쪽〉은 이렇질 않아. 카메유 백화점 근처에 젊은 것들이 진을 치고는 오토바이를 부릉부릉거리며 왔다갔다한다지."

"그러게요."

세계지도 영감의 말을 받은 것은… 노인들이 워낙 많아 누구인지는 몰라도 아마 여자다. 목소리 느낌이 할머니 같았다.

"난 역 앞에 살다가 〈유야나기다이〉로 이사를 왔는데, 〈아래쪽〉 집에 살 땐 매일 밤이나 낮이나 시끄러워서 원… 여기는 그 소리도 안 올라오니 이제야 마음놓고 살겠더라고."

"모리오 항구에 저무는 석양도 얼마나 아름다운지… 그런 절경은 〈유야나기다이〉가 아니면 맛볼 수 없어~"

"그럼. 지대가 높으니 별도 더 예쁘게 잘 보이고, 〈아래쪽〉에서는 배기가스니 뭐니 때문에 별도 잘 안 보이지? 안 그래?"

"산이 가까워서 공기도 맑고. 〈아래쪽〉 공기는, 그게 어디 사람이 마시는 공기인가?"

"담배연기를 마시는 게 차라리 낫지 원. 젊은이도 폐가 상하지는 않았나?"

"저 아름다운 버드나무는 또 어떻고. 그야말로 유암화명柳暗花明*아닌가? 〈아래쪽〉에는 일 년 내내 시들시들한 늙은 나무뿐이니…"

"영양 많은 나무즙 덕분에 이만큼 큰 장수풍뎅이나 사슴

---

* 버들은 우거져 그늘이 어둡고 꽃은 피어서 환하다는 뜻.

벌레도 많고."

"〈아래쪽〉의 바보들은 그런다며? 애써 돈을 내가며 벌레를 사서 기른다지?"

"우리 같은 늙은이들을 위해 집 단차를 낮게 지어놓으니 살기도 편하고. 이런 걸 뭐라더라? …바… 바닐라… 바닐라프리…"

"이봐요, 어울리지 않게 꼬부랑 말을 쓰려니까 그러지. 정답은 배리… 배리 배리… 좌우간 시청의 높은 사람이 추진해줬다니 고맙지 뭐야."

노인들이 입을 모아 말한다. 그것은 로한에게 이야기를 한다기보다 얼마나 〈유야나기다이〉가 좋은 곳인지 앞다투어 자랑하는 것처럼 보였다.

그들의 태도에서 로한이 느낀 것은 강렬한 선민사상이었다. 〈유야나기다이〉를 상위 계급, 〈아래쪽〉 동네를 글자 그대로 하위 계급으로 본다. 허영심이라기보다 그렇게 믿어 의심치 않는다. 그들에게 〈유야나기다이〉 외의 모리오초 주민은 모두 옳고 그름도 분간 못하는 무지몽매한 자들일 것이다.

반론을 할 수도 있지만, 그보다 로한은 궁금한 것이 있었다.

한 차례 〈유야나기다이〉를 찬양한 후, 세계지도 영감이 이쪽을 돌아본다.

"가만있자, 혹시 젊은이도 들었나? 〈유야나기다이〉가 얼마나 좋은지."

"…들었지, 지겹도록."

노인들 사이에서 오간 〈유야나기다이〉의 장점.

그 아이의 어머니도 말했다. 〈유야나기다이〉는 한적하고 조용한 주택가라고. 확실히 그 말대로다. 자동차가 달리는 소리도, 생활 소음조차 없고, 시끄럽던 까마귀 소리조차 들리지 않는다— 하지만.

'지금은 저녁때인데? 보통 까마귀 한두 마리쯤은 날고 있어야 하지 않나. 이건 반대로… 지나치게 조용한 것이 아닌가?'

뭔가 이유가 있는지 노인들에게 물으려 했을 때.

끼기이이이이이이이익———!

갑자기 금속음이 울려퍼졌다.

지금까지 쥐죽은듯 고요했던 탓에 더욱 귀에 거슬리는 소리다. 귀를 막고 싶어지는 충동을 견디며 로한은 소리가 나는 곳— 언덕길 위를 쳐다봤다.

"저건…"

학생이다. 집으로 돌아가는 중인 듯한 학생의 자전거가 그 새된 소리의 발생지였다. 바구니가 덜렁거리고 녹이 슨, 딱 봐도 낡아빠진 주부용 자전거. 완만한 내리막이라도 브레이크를 잡으면 좀전 같은 소리가 나게 마련이다.

자전거는 점차 이쪽으로 다가온다. 그에 따라 브레이크 소리도 점점 커졌다.

"나 원… 아르바이트라도 해서 새 걸로 바꾸지."

로한은 투덜거리고 시선을 돌렸다가,

"……?!"

그답지 않게 흠칫 놀랐다.

좀전까지 온화하게 담소를 나누던 노인들이 하나같이 손자의 원수라도 보듯 험악한 표정을 짓고 있는 것이다.

──학생이 눈앞을 통과한다.

노인들도 눈으로 학생을 좇고, 고개가 방향을 맞춰 일제히 돌아간다. 마치 테니스 경기의 관객들처럼.

"시끄럽네… 그죠?"

"못 보던 아이구먼. 우리 〈유야나기다이〉를 시끄럽게 하고 있어."

"사슴벌레라도 잡으러 왔나?"

"이러니 요즘 젊은 것들은…"

"확 넘어지라지."

저주라도 걸듯 중얼거린다.

직후.

학생이 짧은 비명을 질렀다. 뭔가를 피하려는 듯 몸을 비튼다.

자전거를 운전하는 중에— 말이다.

순간, 강렬한 힘에 얻어맞기라도 한 듯, 자전거 앞바퀴를 지탱하는 프레임이 찌그러졌다. 그 충격으로 학생도 날아가, 도로에 엎드린 채 움직이지 않는다.

"어이구, 어이구, 넘어졌네."

노인 한 사람이 즐거운 듯이 말했다.

"이제 겨우 조용해졌구먼."

"그러게요. 다행이지 뭐야."

"그럼. 우리 〈유야나기다이〉는 이래야지."

저마다 얼굴에 웃음을 되찾고, 흡사 축제를 마치고 돌아가는 듯 화목한 분위기가 번졌다.

"도대체…"

믿어지지 않는 기분으로 로한은 중얼거렸다.

"도대체 무슨 일이 일어난 거지…? 당신들, 저 학생에게 뭘 한 거야?"

"아무것도 안 했는데."

세계지도 영감이 대답했다.

"말했잖나. 〈유야나기다이〉는 아주 좋〜은 곳이라고. 바로 이거야. 이게 바로 〈유야나기다이〉의 좋은 점이라네."

히히히히… 하고 다시 노인들 사이에 잔물결처럼 웃음이

퍼져갔다.

'아무것도 안 했다고? 저 학생은 분명 뭔가를 보고 겁을 먹었다. 그리고 공격을 받아 넘어졌어.'

가슴속이 술렁인다. 노인들이 학생을 두고 불평한 직후, 그것은 나타났다. 로한에게는 보이지 않았지만 그곳에 나타난 것이다.

로한의 머릿속에 한 가지 존재가 떠올랐다.

——〈히죽히죽 웃는 검은 원숭이〉——

여자도 말했다. 자기는 〈히죽히죽 웃는 검은 원숭이〉가 보이지 않았다고. 그렇다면 지금 로한에게 보이지 않았다 하여 〈히죽히죽 웃는 검은 원숭이〉의 존재를 부정할 이유는 없다.

노인들은 〈히죽히죽 웃는 검은 원숭이〉에 대해 알고 있을까?

아니면 노인들이 〈히죽히죽 웃는 검은 원숭이〉를 조종하고 있는 걸까?

이 자리에서 확인할 방법은 하나뿐이다.

노인들의 기억을——

"읽어보겠다! 헤븐즈 도어—!!"

외치는 동시에 로한의 등뒤에서 작은 체구의 소년이 떠올랐다.

사람 같지만 사람은 아니다. 그의 이름은 〈헤븐즈 도어〉.

로한이 가진 신비한 힘— 〈스탠드〉다. 〈헤븐즈 도어〉는 상대를 〈책〉으로 만들고, 기억을 읽거나 고쳐쓰는 능력을 가지고 있다.

로한은 노인들을 〈책〉으로 만들 생각이었다. 그러나.

슈욱——

시야 가장자리를 〈뭔가〉가 가로질렀다. 공원 안이다.

"…응?"

바로 돌아봤지만 아무것도 없다.

"자네 뭐야, 갑자기 큰 소리를 지르고."

세계지도 영감이 짜증스러운 듯 침을 뱉는다. 하지만 그를 상대하지 않고 로한은 공원을 주시했다. 기분 탓이 아니라면 뭔가 검은 것이… 지면을 기어간 듯이 보였다.

로한은 손등으로 땀을 닦고, 한 걸음씩 공원으로 다가갔다.

솨아— 솨아아—!

공원으로 들어가 몇 걸음도 채 걷기 전에, 버드나무 가지가 소리를 냈다.

반사적으로 소리가 난 쪽을 올려다봤지만 보이는 건 버드나무 틈새의 암적색 하늘뿐이다.

"이보게, 어딜 가나? 애써 〈유야나기다이〉에 대해 설명해 줬더니만, 결국 젊은이도 저 애송이와 마찬가지였군. 에잉, 고얀 놈."

등뒤로 노인이 투덜대는 소리가 들린다.

"이런 놈을 봤나, 실컷 떠들 때는 언제고, 이젠 입 꾹 다물고 가버려?"

"연장자에 대한 예의라는 걸 모르는구먼."

뒤이은 불평불만들.

목소리가 나는 쪽으로 시선을 돌렸지만 버드나무와 덤불에 가려 노인들의 모습은 이미 보이지 않았다.

"게다가… 헤븐즈 도어는 또 뭐야?"

저쪽에서도 로한의 모습은 더이상 보이지 않을 테지만… 잔소리는 이어진다.

"어려운 꼬부랑 말이나 쓰고… 몹쓸 놈 같으니."

"저놈도 아마 그거겠지. 꼬부랑 말을 쓰면 제가 멋있어 보이는 줄 아는 게야."

슈슉!

"──! 또다."

다시 시야 끝을 스치고, 공원 안을 검은 그림자가 달려갔다.

"제길!"

사방으로 눈길을 주며 시선을 이리저리 움직인다.

허둥대는 로한을 비웃듯 노인들의 푸념이 닿는다.

"이래서 요즘 젊은것들은…"

슬슬 짜증스러워져서 "입 좀 다물고 있어!" 하고 로한이 외치려는 순간——

그는 숨을 삼켰다.

〈뭔가〉가 뒤에서 어깨를 잡고 있었다.

서서히 어깨로 눈을 돌린다. 희미하게 보이는, 검고 더러운 손가락.

분뇨와 땀냄새가 뒤섞인 짐승 냄새가 코를 찌른다.

"……뭐…"

처음 보는 독충毒蟲이 온몸을 기어다니는 듯 소름이 끼치고 마음속 깊은 곳에서 경종이 울린다. 목덜미에서 등줄기를 타고 불쾌한 한기가 번졌다.

관자놀이에 땀방울이 흐르는 것을 느끼며 로한은 돌아봤다. 그 찰나.

덥석!

"으윽!!"

목께에 충격이 느껴졌다. 갑자기 목을 졸린 것이다.

"윽… ㅇㅇㅇ…!"

믿어지지 않는 악력이 몸을 들어올린다. 발뒤꿈치가 떠오르고 발끝이 땅을 긁었다.

턱이 밀려 고개가 뒤로 젖혀진 탓에 상대의 모습이 잘 보이지 않는다. 그래도 간신히 상대를 노려보고— 로한은 눈을 크게 떴다.

"이놈…은…?!"

공원의 소년, 켄이 그린 〈히죽히죽 웃는 검은 원숭이〉의 스케치는 정확했다.

거미처럼 가늘고 긴 팔다리를 가진, 지면을 기어다니는 〈검은 원숭이〉——

그러나 아쉽게도 그것은 〈원숭이〉가 아니었다.

로한의 목을 조르고 있는 것은 〈검고 말라비틀어진 노인〉이었다.

옷은 입지 않았고, 여기저기가 썩어 문드러져 시커멓게 변색한 피부.

깡마르고 가는 팔은 이상하게 길어, 엎드린 자세임에도 불구하고 쉽게 로한의 목을 졸라 들어올리고 있다. 다리 역시 가늘고 길다. 〈ㅅ자〉 모양으로 꺾인 다리는 무릎이 위를 향하고, 발가락 끝은 뒤쪽을 가리키고 있었다. 마치 메뚜기나 귀뚜라미 같은 곤충의 다리처럼. 사람의 관절이라고는 생각할 수 없는 모습이었다.

머리카락은 한 올도 없고, 쪼글쪼글한 얼굴, 병든 나무껍질 같은 피부를 드러내고 있다. 코가 있었던 부분에는 서양배 모양의 비강이 뚫려 있고, 귓불의 흔적조차 남지 않은 귀는 이미 구멍에 불과하다. 그리고 안구에는 흰자 부분이 없이 전체가 검은자로⋯

아니, 그게 아니다.

안구 자체가 없다. 뻥 뚫린 동굴 같은 안와는 있지도 않은 눈으로 로한을 쏘아보고 있었다.

로한이 괴로워하는 모습이 못내 즐거운지, 양쪽 입가가 〈히죽히죽〉 올라가고, 그을음을 덮어쓴 듯한 회백색 이빨이 드러났다. 아무 방향으로나 돋아난 삐죽삐죽한 이빨. 〈검고 말라비틀어진 노인〉은 잔학하게 웃고 있었다.

붙잡힌 목에 〈검고 말라비틀어진 노인〉의 손가락이 파고든다. 당장에라도 피부를 뚫어버릴 것 같았다.

"으, 우우⋯ 우우⋯ 으아!"

온몸을 비틀어 팔을 뿌리치려 버둥거린다.

발버둥을 치며 〈검고 말라비틀어진 노인〉의 얼굴을 걷어 찬다.

그러나 귀나 콧구멍, 텅 빈 안와나 〈히죽히죽〉거리는 입에 발을 밀어넣어도 〈검고 말라비틀어진 노인〉은 전혀 개의치 않는 듯했다.

"⋯크⋯ 큰일이다⋯ 의식이⋯"

손톱으로 팔을 할퀴려 했지만 석탄을 긁는 듯한 감촉이 느껴질 뿐, 그 힘은 티끌만큼도 약해지지 않는다.

"헤븐…즈… 도어…"

꺼져가는 목소리로 〈스탠드〉의 이름을 부른다.

"이놈을… 〈책〉으로…"

시야가 가물가물 좁아지며 점점 흐려진다.

〈검고 말라비틀어진 노인〉에게 손가락을 뻗는 〈헤븐즈 도어〉였지만… 아슬아슬하게 닿지 않고, 메마른 페인트처럼 부슬부슬 무너져 흩어진다.

'틀렸어, 너무 늦었다…'

의식이 멀어져갈 때.

멀리서 다가오는 소리가 있었다.

마음이 술렁거리는 소리. 명멸하는 스트로보 불빛처럼 로한의 뇌리에 붉은색이 깜박인다.

소리의 정체는 사이렌─ 구급차였다.

아까 넘어진 학생이 부른 걸까? 몽롱해진 로한의 눈에 붉은 경광등 불빛이 희미하게 비친다.

갑자기, 목을 잡고 있던 손이 사라졌다.

순간 붕 뜬 느낌이 들었다가 그대로 땅에 떨어져, 일어서지도 못한 채 로한은 요란하게 기침을 했다.

"콜록… 컥, 으…"

심호흡은 고사하고, 숨을 멈추는 것마저 고통스러운 듯했다. 허덕이듯 공기를 마시며 〈검고 말라비틀어진 노인〉을 찾으려 시선을 돌린다. 지독한 현기증과 함께 시야가 핏빛으로 깜박이고 있었다.

"제길… 그놈… 그놈은 어디로 사라졌지?"

무릎을 짚고 일어선다. 하지만 아직 다리에 힘이 들어가지 않았다.

〈검고 말라비틀어진 노인〉의 뒤를 쫓아, 후들거리는 발걸음으로 공원에서 나간다.

사이렌 소리가 시끄러운지 노인들이 귀를 막고 있었다. 그들을 무시하고 주위를 둘러본다.

저물어가는 노을.

넘어진 자전거.

무릎을 안고 웅크린 학생.

그리고.

"……! 있다!"

〈검고 말라비틀어진 노인〉은 도마뱀처럼 재빠른 움직임으로 아스팔트 위를 기어가고 있었다.

그것이 향하는 곳은 구급차.

〈검고 말라비틀어진 노인〉이 무슨 생각을 하는지 알 도리는 없지만, 뭘 하려는지 로한은 직감적으로 이해했다.

자세를 앞으로 약간 기울인 직후, 〈검고 말라비틀어진 노인〉은 구급차를 향해 뛰어올랐다.

이어서 그대로 앞 유리로 뛰어든다.

유리조각이 날아올 것을 예상하고 로한은 얼른 손으로 얼굴을 가렸다— 그러나, 아무것도 날아오지는 않았다.

스르륵… 마치 흙탕물에 잠기듯 〈검고 말라비틀어진 노인〉은 유리를 통과한 것이다.

운전석에서 비명이 울렸다.

브레이크를 밟고 주욱 미끄러지면서 구급차는 정차했다. 차 안에서 말다툼을 하는 듯한 소리가 새어나왔지만… 이내 조용해졌다. 항의하듯 울리던 사이렌도 한 번 음조가 어긋난 소리를 내고는 침묵했다.

…………

순식간에 〈유야나기다이〉에 정적이 돌아왔다.

뒤에 남은 것은 급브레이크 때문에 타버린 타이어 냄새뿐이다.

차박.

운전석 문을 그대로 통과하며 〈검고 말라비틀어진 노인〉이 구급차에서 나왔다.

다시 덤벼드는가 싶어 경계하는 로한의 예상과 달리 〈검고 말라비틀어진 노인〉은 〈히죽히죽〉 하는 웃음을 띤 채 공기 속으로 녹아들 듯 스르륵 사라져버렸다.

"……"

얼굴을 가리던 손을 천천히 내린다.

〈유야나기다이〉에 도착하기 전까지는 시끄러울 정도로 까마귀가 울어대고 있었다. 그 소리가 이곳에 온 순간 뚝 끊겼다. 그저 까마귀가 지나는 길, 둥지, 먹이터 등과 떨어져 있기 때문이라고 생각했다. 하지만… 더욱 단순한 이유가 떠올랐다.

이 구역에서 큰 소리를 내면 〈검고 말라비틀어진 노인〉이 덤벼든다…

예를 들면 공원 철책을 탕탕 울리는 자를.

담장에 고무공을 던져 소리를 내는 자를.

만화영화 주제가를 따라 부르는 자를.

자전거 브레이크 소리를 내는 자를.

그리고 큰 소리로 〈헤븐즈 도어〉 같은 것을 외치는 자를.

그렇게 로한이 깨달았을 때,

비웃는 듯한 웃음소리가 귀에 닿았다.

"이제 좀 알겠나?"

세계지도 영감이다. 어두운 눈동자로 이쪽을 내려다보고 있다.

"〈유야나기다이〉의 좋은 점을."

"좋은… 점이라고? 말라비틀어진 노인이 사람을 덮치는 것이… 이곳의 좋은 점이란 말인가?"

"말라비틀어져? 노인? 무슨 소린가?"

"……"

'혹시 이자들은… 검은 노인의 존재를 모르는 건가? 당연히 누군가의 〈스탠드 능력〉인 줄 알았는데… 아니, 그게 아니지. 나도 만질 수 있었으니까. 〈스탠드〉를 만질 수 있는 것은 〈스탠드〉뿐인데.'

로한의 손끝에는 여전히 〈검고 말라비틀어진 노인〉의 팔을 할퀼 때의 감촉이 남아 있었다.

세계지도 영감이 양팔을 벌린다.

쓰러진 학생. 멈춰버린 구급차. 그것들을 가리키듯 의기양양하게.

"〈유야나기다이〉의 좋은 점은 말이지, 이 조용함이라네. 젊은이도 변기에서 냄새가 나면 뚜껑을 덮지? 마찬가지야. 냄새나는 것에는 뚜껑. 시끄러운 것에도 뚜껑을."

가까이 있던 노파가 동의한다.

"맞아 맞아. 〈유야나기다이〉에서는 말이지, 시끄러운 것은 모~~두 그렇게 부서져버리거든."

그녀의 말을 시작으로 다른 노인들도 앞다투어 동의했다.

"맞아. 역 쪽으로 조금만 가면 까마귀가 깍― 깍― 울어대는데, 〈유야나기다이〉에서는 절대 그러질 못해. 모두 땅에 떨어져버리지."

"오토바이도 그래. 아무것도 없는데 사고가 나거든."

"아마 풍수가 좋은 게야, 풍수가."

"우리가 평소에 덕을 많이 쌓아서 그런 게 아닐까? 왜, 정어리 대가리도 믿으면 신이 된다잖나."

"참 조용해, 〈유야나기다이〉는. 우리한테는 더없이 살기 좋은 곳이지."

조금 전처럼 노인들이 〈유야나기다이〉를 칭송한다.

그것을 잠자코 들어줄 생각은 없어서 로한은 그들의 대화에 끼어들었다.

"당신들 진심으로 믿는 건가? 날던 까마귀가 떨어지거나 오토바이 사고가 나는 이유가 풍수니 평소의 덕 때문이라고?"

말허리를 자른 것 때문인지, 아니면 웃어른에 대한 공경이라고는 없는 말투가 거슬렸는지.

세계지도 영감이 짜증스레 콧방귀를 뀐다.

"흥, 이유라고? 그거야 뻔하지! 우리 바람이 하늘에 닿은 게야."

턱짓으로 로한 뒤에 있는 공원을 가리킨다.

"옛날에는 〈유야나기다이〉도 다른 곳들처럼 시끄러운 동네였지. 특히 이 공원은 더했어. 꼭두새벽부터 해가 질 때까지 어린애들이 빽빽 떠들어댔거든. 그래서 노인회에서 관청에 항의를 했다네. 공원 설비를 죄다 철거하라고."

"…그래서였군."

어깨너머로 공원을 돌아본다.

놀이기구 하나 없이 황량한 공원을.

"그런데도… 어린애들은 떠들기를 그치지 않았지. 공이나 나무토막 같은 것만 가지고도 온종일 야단법석이었어."

왜냐하면 바보니까— 로한은 마음속으로 덧붙였지만 입 밖으로 내지는 않았다. 그랬다가는 세계지도 영감이 더 기세 등등할 것이 눈에 보였고, 단 한순간이라도 그에게 찬동한다는 오해를 사고 싶지 않았다.

"그래서 우리가 빌었지. 제발 저 시끄러운 어린애들을 쫓아버리고 〈유야나기다이〉를 조용한 동네로 만들어주세요, 하고."

"빌었다니… 그게 무슨 뜻이지? 흑마술이나 이상한 의식이라도 했나?"

"아니, 이 멍청한 젊은이를 봤나. 아무것도 특별한 일은 하지 않았어. 그냥 빌었지. 어디든 좋아. 불단이나 카미다나神棚*, 지장보살에 신사, 성묘를 갈 때면 모르는 사람의 무덤에도 빌었다고. 매일매일, 아침에 눈을 뜨면 빌고, 낮에 외출을

---

* 가족의 위패를 모시는 단.

하면 빌고, 밤에 자기 전에 빌고… 그랬더니 웬걸. 어느 날부터 갑자기 아이들이 없어진 거야. 멍청한 제 부모와 함께 어디로 이사를 가버리더라고."

노인의 입 끝이 비죽 올라가고, 뺨에 등고선처럼 주름이 파였다.

"그후로 까마귀도 안 울지, 오토바이도 안 달리지… 〈유야나기다이〉는 조용해졌어. 〈유야나기다이〉는 말이지, 우리 같은 노인들이 안심하고 살 수 있는, 조용하고 아늑한 주택가라야지. 아무튼 여기는 우리 땅이니 말이야."

세계지도 영감의 말에 노인들이 힘주어 끄덕인다.

"그렇군."

로한 역시 끄덕인다— 그러나 딱히 노인의 의견에 동조하는 것은 아니다.

〈유야나기다이〉의 규칙을 위반한 경험으로 저도 모르게 수긍한 것이었다.

'검은 노인의 정체는 말하자면… 이 늙은이들의 기도로 생겨난 괴물이란 말이지. 시끄러운 소리를 내는 자 앞에 나타나 그 원인을 제거하는 청소부 같은 존재.'

로한 본인도 큰 소리로 외친 것을 계기로 〈검고 말라비틀어진 노인〉의 습격을 받았다. 추측에 동그라미를 쳐주는 사람은 없지만 이 결론이 틀렸다는 생각은 들지 않았다.

'그러고 보니 이자들은…'

문득 조금 전에 귀에 들어온 이야기를 떠올렸다.

'모르는 사람의 무덤에도 빌었다고 했지. 대체 누구의 무덤에 빈 거야? 그 검은 노인은 아무리 봐도 고독사해서 부패하고 말라비틀어져 발견된 독거노인 같은 느낌이었는데…'

생각해봤자 답이 나올 리는 없지만, 엉뚱한 기원에 이용당한 누군가에게 동정을 표한다. 감정이 있는지 없는지 잘 모를 존재를 염려해봐야 소용없지만.

그보다도.

"그보다도 문제는…"

이제 묵고는 끝났다. 로한은 단락을 짓듯 말을 꺼냈다. 노인들의 의아한 시선이 로한에게 꽂혔다.

"당신들의 이기주의다."

단호하게 노인들 중 한 사람—누구든 상관없었지만—맨 앞에 있던 세계지도 영감을 손가락으로 가리켰다.

"검은 노인은 자기 뜻으로 사람을 공격하는 것이 아니야. 당신들이 그렇게 빌었기 때문에 덤벼들 뿐이지. 애초에 나는 당신들 같은 늙은이가 싫거든. 그저 나이만 먹었지 무엇 하나 이룬 것도 없으면서, 자기는 연장자니까 젊은 사람은 무조건 자기 의견에 따라야 한다는 작자들은 특히 더. 구역질이 나."

"뭐라고…?"

노인들의 얼굴이 굳어졌지만 로한은 상관하지 않고 말을 이어갔다.

"노인들은 〈뜸을 놔준다(따끔한 맛을 보여준다는 관용표현)〉는 말을 좋아하더군. 뜸이란 아무래도 늙은이 냄새가 난단 말이야… 아무튼. 돌아가기 전에 내가 뜸을 한 방 놔주지."

내지른 로한의 손가락 끝이 흔들리며 〈헤븐즈 도어〉의 손가락이 나타났다.

──공원에서 만난 소년, 켄을 로한은 떠올렸다. 그의 어머니는 〈말을 되찾을 계기〉를 물었지만 〈유야나기다이〉를 떠난 지금은 더이상 〈검고 말라비틀어진 노인〉이 덤벼들 일은 없을 것이다. 언젠가 시간이 해결해주겠지.

그러다 어느 날, 그 소년이 다시 아이답게 떠들며 노는 날이 온다면 그것은 죄일까.

죄는 아니다─ 라고 로한은 생각했다. 짜증스럽고 시끄럽고, 거슬리기는 해도 죄는 아니다.

그러면 노인들이 노인답게 조용한 생활을 바라는 것은 죄일까.

그 역시 죄는 아니라고 생각한다. 하지만 그들의 바람은 일그러져 있다. 자기들의 조용한 생활을 위해 다른 사람이 다쳐도 상관없다고 판단했다면 그것은 죄를 넘어, 악이다. 자기 본위에 침전된 악의일 뿐이다.

찌직.

〈헤븐즈 도어〉의 능력으로 노인들의 얼굴 피부에 주름과는 다른 몇 줄의 금이 생겼다.

멍하니 서 있는 그들을 걱정하는 자는 없다. 그 대신이라는 듯 밤의 기운이 스며들기 시작한 〈유야나기다이〉에 바람이 살랑살랑 불었다. 버드나무 가지가 서로 부딪히며 메마른 소리를 낸다. 그리고— 노인들의 피부가 일제히 벗겨지고, 펼쳐졌다.

그것은 그들의 기억을 새긴 페이지였다. 수십 년 세월에 걸쳐 기록된 노인들의 기억. 빛바랜 추억들을 훑어볼 수도 있었지만, 그보다 로한에게는 할일이 있었다. 〈헤븐즈 도어〉로 글자를 적어넣는 것이다.

그런데.

〈—♪———♪〉

예고도 없이 스마트폰이 울렸다.

"어?"

호주머니 속 스마트폰이 울렸다. 〈뭔가〉를 불러내려는 듯 부르르 떨면서.

"…어. 아니 아니 아니 아니. 말도 안 돼, 이런 시간에— 편집자인가?"

문득 짐승 냄새가 공기에 떠돌았다.

흠칫 놀라 돌아보니 다시 나타난 〈검고 말라비틀어진 노인〉이 공원에서 기어나와 이쪽을 덮치려 하고 있었다. 〈히죽히죽〉 웃으면서.

"제길!"

황급히 노인들에게 글자를 적어넣었다— 그와 동시에 로한은 〈검고 말라비틀어진 노인〉에게 떠밀려 쓰러졌다. 호되게 등을 부딪혀,

"으윽…!"

고통스러운 신음이 새어나왔다.

'—큰일이다! 설마 이 타이밍에 전화가 올 줄이야.'

노인은 재빨리 로한을 타고 앉아, 다시 목으로 손을 뻗는다.

'그러면 이번에야말로… 이 녀석에게 〈헤븐즈 도어〉를 박아줄 테다!'

로한이 그렇게 결의했을 때,

"아니! 왜 그래 젊은이! 왜 길바닥에 드러누워 있나?"

〈검고 말라비틀어진 노인〉의 움직임이 흠칫 멎는다.

"우리한테 별의별 큰소리를 치더니!"

"우리한테 뜸을 놔준다고?!"

"세상에 말하는 것 좀 보라지! 부모 얼굴을 보고 싶구먼!"

"이러니 요즘 젊은것들은!!"

〈책〉 상태에서 원래의 모습으로 돌아온 노인들의 목소리다. 그들은 그렇게 말하며—

서로 얼굴을 마주봤다.

그들의 목소리는 〈유야나기다이〉 전역에 울려퍼질 정도의… 〈고함소리〉였다.

"어어, 뭐야! 뭐야 이건!!"

세계지도 영감이 선거 유세 차량 못지않은 〈고함소리〉를 질렀다.

"당신들을 〈책〉으로 만들었을 때…"

〈검고 말라비틀어진 노인〉에게 깔린 채 로한은 중얼거렸다.

"한 줄을 적어넣었지. 내용은 다음과 같다."

〈히죽히죽〉 하고… 〈검고 말라비틀어진 노인〉이 세계지도 영감들 쪽을 향한다.

"언제나 고함을 지르며 이야기한다〉."

그렇게 말한 순간 〈검고 말라비틀어진 노인〉이 가장 가까이 있던 노인에게 덤벼들었다. 도로에 쓰러뜨려 타고 앉더니, 옆에 있던 다른 노인들의 목도 재빨리 졸라댄다.

"히익, 히이이익!!"

"뭐야, 이 괴물은?!"

"나나, 나, 나무아미타불… 나무아미타불…!!"

노인들이 일제히 비명을 질렀다.

물론 〈고함소리〉로…

〈유야나기다이〉는 노인들이 안심하고 살 수 있는 조용하고 아늑한 주택가여야만 한다.

큰 소리로 떠드는 아이들도.

소란스런 까마귀도.

몰상식한 바이커도.

〈유야나기다이〉에는 필요 없다. 노인들은 그러기를 빌었고, 그것이 〈유야나기다이〉의 규칙이 되었다.

설마 자기들이 〈시끄러운 것〉이 될 줄은 꿈에도 모르고.

과연 〈유야나기다이〉의 정적을 수호해온 괴물다웠다. 〈검고 말라비틀어진 노인〉은 순식간에 노인들을 혼절하게 만들고 이제는 세계지도 영감의 등에 달라붙어 있었다.

"사… 살려줘…"

그는 괴로운 듯이―그러나 고함을 지르며―도움을 청했다.

"숨을… 큭, 숨을 못 쉬겠어… 제발, 병원으로 데려가주게… 아니… 저 구급차까지만 데려다줘…"

"……"

시체를 보는 부검의 같은 눈으로 로한은 세계지도 영감을 내려다보았다. 그의 애원을 들어줘야 할까? 그럴 의무는 없고, 안 내킨다면 무시하고 돌아가는 것이 타당할지도 모른다. 그러나 〈뜸을 놓는다〉는 목적은 대강 달성됐다. 불씨를 제거하지 않으면 아무리 작은 뜸이라도 그 불에 노인들 자체가 타버릴 수 있다. 그랬다가는 역시 두고두고 꿈자리가 사나울 것이다.

"…좋아. 다른 구급차를 불러주지."

로한은 스마트폰을 꺼내, 조금 전에 전화를 한 상대─예상대로 편집자였다─에게 재발신을 걸었다.

"어. 아까는 수고… 아니, 공원 놀이기구 말인데, 여기서 해결돼버렸어. 음, 미안… 미안한 김에 하나만 더… 구급차를 몇 대 불러줄 수 없을까? 그래, 〈유야나기다이〉로… 왜 내가 부르지 않느냐고? 이것저것 물어보면 성가시잖아. 같은 곳으로 몇 대나 구급차를 부르는 게 보통 일도 아니고."

마지못해 듣는 편집자에게 간결한 지시시항을 전달한다. 이제 살았구나, 했는지 세계지도 영감의 얼굴이 활짝 밝아지지만──

"아니, 장소는 거기가 아니야. 〈유야나기다이〉 언덕길 〈아래쪽〉으로 불러줘. 공원까지 구급차가 오면 시끄러우니까 조용히 하라고 할아버지 할머니들이 야단이거든.”

세계지도 영감의 얼굴에서 표정이라 말할 수 있는 표정이
모두 사라진다.

“…분명히 불러줬어.”

절규하는 노인을 곁눈질하며 로한은 휴대폰을 호주머니에
넣었다.

“열심히 언덕길 아래까지 기어가봐. 여기로 다른 구급차를
부르기라도 하면 또 검은 노인이 덤벼들지 모르잖아? 아니
아니, 왜 남의 구급차를 부러운 눈으로 보지? 저건 그 학생
이 탈 차야. 당신들은 탈 자격이 없다고.”

흥, 하고 얄밉게 코를 울린다.

“뭐, 그런 환경을 바란 당신들의 자업자득인 셈이지.”

더이상 노인의 하소연을 들을 마음도 들지 않아, 로한은
발걸음을 돌리고 걷기 시작했다— 그러나 몇 걸음 가지 않
아 멈춰 선다.

“아차, 잊을 뻔했군.”

노인에게 몸을 돌리고,

“당신은 내 마음에 안 들지만 그 표정… 〈깊이 절망한 얼
굴〉… 그건 나쁘지 않아. 잠깐 스케치를 해도 될까… 좋아,
정말 고마워. 그런데 말이지, 당신들은 앞으로 〈유야나기다
이〉에서 살기 힘들어질 거야. 언제나 고함을 지르며 이야기

해야 하니까. 그러니 만약 이사할 일이 생기면 연락해줬으면 하는데… 아니. 뭐야, 기절했잖아?"

어느새 〈검고 말라비틀어진 노인〉도 사라지고 없었다.

명함을 남겨둘까 했지만 그만뒀다. 어차피 이사할 때가 되면 싫어도 소식이 들릴 것이다. 아무튼 목소리가 워낙 크니 말이다.

"한적한 주택가 〈유야나기다이〉… 경위야 어떻든 환경은 마음에 드는군. 아주 좋아. 이렇게 조용한 곳이라면 기분좋게 만화를 그릴 수 있겠는걸."

돌아가기 전에 작업실로 쓸 만한 집을 점찍어둘까…

그렇게 중얼거리며 로한은 하늘을 올려다봤다.

"…흐음."

분하지만 노인들의 말이 옳았다.

―〈유야나기다이〉는 지대가 높기 때문에 예쁜 별이 잘 보인다.

밤의 장막이 드리워진 〈유야나기다이〉의 하늘에는 별이 반짝이고 있었다.

대칭의 방

키타구니 발라드

작품은 〈완성〉하더라도 작가는 〈완성〉되어서는 안 된다.

키시베 로한은 늘 그렇게 생각하고 있다.

만화를 계속 그린다는 것은 성장을 지속한다는 것이다. 모르는 분야일수록 늘 접촉하면서 새로운 체험을 시도해나가야 한다. 그러지 않으면 인생이라는 연재가 너무 길다.

가을도 끝날 무렵인데 미팅 장소를 카페 테라스석으로 잡았다는 것부터 어딘가 〈어긋난〉 느낌은 처음부터 받았지만… 이번에 새로 로한의 담당이 된 젊은 편집자 카라사와 토오루唐沢徹는 그 부분을 인식하지 못하고 있었다.

"저— 선생님은 말이죠 —— 혹시 〈아날로그 지상주의자〉 같은 분인가요—?"

"……"

미팅이 대강 마무리되어 이만 카페에서 나갈까 생각하던

타이밍이었다. 별다른 맥락도 없이 그런 질문을 받아 로한은 고개를 갸웃했다.

　표정에 변화가 없는 것은 〈기분좋은 사람의 반응〉이 아님을 알아차리기에 그 편집자는 너무 젊은 모양이다. 그래서 로한은 우선 대화를 이어가기로 했다.

　"어— 가만, 아니… 일단 물어볼까. 왜 그렇게 생각하지?"

　"로한 선생님은 말이죠— 집필 속도가 무척 빠르시잖아요?"

　"딱히 서둘러 작업하는 것은 아닌데."

　미리미리 그려서 쌓아두는 것도 아니고, 애초에 자네 기준으로 누구와 비교해서 하는 이야기지? 하는 의미도 있다. 전달은 안 되겠지만.

　"그러면서도 원고를 보내실 때는 데이터가 아니라 우편을 이용하시잖아요. 그건 작업 환경이 아날로그이기 때문이겠죠?"

　"…그렇네만?"

　"요즘은 〈페인트 소프트〉 같은 것도 엄청 잘 나오잖아요. 그래서 특이하시네~ 싶었어요. PC로 작업하시면 훨씬 빨라지지 않나요? 휘리릭! 하는 식으로~"

　"그래, 특이하단 말이지."

　확실히 요즘은 〈원고용지〉에 〈G펜〉이나 〈둥근펜〉 같은 도구로 작업하는 만화가가 많이 줄었을 테니. 그런 의문을 이해 못할 바는 아니라고 로한은 생각했다.

그러나 이해할 수 있는 것과 이런 화제가 재미있는가는 별개다. 그래서 로한의 얼굴은 여전히 무표정이었다.

"카라사와 군이라고 했지? …즉 자네는 이렇게 말하고 싶은 건가? 〈PC 같은 걸 잘 못 다루니까 아직까지 구닥다리 아날로그 환경에서 작업하시는 거죠?〉 …라고. 그렇게 묻고 싶단 말이지?"

"엇."

카라사와는 그제야 자기가 섣부른 질문을 했음을 겨우 깨달았다.

키시베 로한은 갓 데뷔한 햇병아리 만화가가 아니다.

『핑크 다크의 소년』이라는 유명한 대표작도 있다.

만화가와 편집자는 서로의 일에 대한 존경심이 필요하다. ─아무것도 모르는 팬이라면 모를까─업무상 파트너인 카라사와가 지적할 수 있는 부분이 아닌 것이다.

"저기, 로한 선생님. 저는, 딱히 그 정도까지는…"

"그럼 어느 정도까지지? 자네는～～ 뭘 기준으로, 어디까지 말하려 했느냐는 얘기야. 착지점을 모르면 애매한 말을 꺼내지 말았어야지."

거의 남아 있지 않은 커피를 로한은 단숨에 비웠다. 차갑게 식어 있었지만 목을 매끄럽게 하기에는 충분했다.

"나니까 괜찮지… 그런 식으로 만화가의 작업 환경에 대해 참견하지 않는 게 좋아. 마감과 퀄리티를 엄수하며 원고가 도착한다면, 만화가가 어떤 도구나 작업실을 사용하든 문제될 게 없잖나… 안 그래?"

"아, 아니, 죄송합니다… 저는 그냥 단순히, 신기해서 여쭤봤을 뿐이라서…"

그저 신기하다는 이유로 대단한 목적도 이념도 없이, 가벼운 흥밋거리로, 굳이 물어보는 것이 성가시단 말이야.

로한은 그렇게 말하고 싶었지만, 그래도 일로 만나는 사이다. 그 정도 대답은 해줘도 될 것이다. 더구나 눈앞의 상대에게 분명히 말해두지 않으면, 앞으로도 이렇게 실없는 질문을 반복할 가능성이 있다고 생각했다.

"딱히 디지털을 싫어하는 것도, 어려워하는 것도 아니야. 나도 페인트 소프트를 다룬 적은 있으니까. 뜻밖이지?"

"네에——? 아… 솔직히, 네."

"솔직하다고 다 좋은 건 아니지. 기억해두도록 해…"

이제는 무슨 말을 해도 지적을 당할 것 같았는지, 카라사와의 눈은 살짝 젖어 있었다. 조금 딱하게 생각할 수도 있지만, 기왕 말을 시작한 이상 로한은 멈출 생각이 없었다.

"알아듣도록 가르쳐주지. …예를 들면 말이야. 피아노로 연주하는 클래식 음악은 분명 아름다워. 그러나 신시사이저 synthesizer*의 전자음이나 시퀀서sequencer** 같은 것으로 연주하는 테크노나 팝은 고전 악기로 좀처럼 표현할 수 없는 곡을 만들 수 있지. 요는, 표현자에 따라 〈사용하기 편한 도구〉가 다를 뿐이야. 그러니 만화나 회화를 디지털화하는 것도 표현기법의 하나로 〈인정〉하는 거지. 펜이나 마커로는 어려운 표현을 가능하게 하니까…"

"…네에."

"뭣보다 나 역시 스마트폰이나 태블릿을 사용해. 편리하거든… 인터넷으로 전복의 생태를 조사하기도 하고, 게임도 하지. 무엇보다 그 사이즈에 그만한 기능이 응축되어 있다는 점에서 헤아릴 수 없이 강력한 도구야. 그런 데에 관심이 없을 수 있나? 어플을 만들어보기도 했는걸."

"네? 어플이라면… 직접 프로그램을 짜셨다고요?"

"일일이 되물어야 알아듣는다면 〈그렇다〉고 말해주지. 나는 조금이라도 흥미가 동하는 것은 반드시 건드려보니까… 〈아이디어〉나 〈지식〉으로만 알면 되는 게 그만이 아니야. 〈체감을 동반하지 않는 것은 리얼하게 그릴 수 없다〉. …그래서

---

* 전기신호를 사용하여 다른 악기의 소리를 흉내내거나 새로운 소리를 만들어내는 악기.
** 악보를 음으로 바꿀 수 있는 컴퓨터 기기나 프로그램.

어떤 장르에서도 스스로 〈체험하는 것보다 나은 것은 없다〉. 그렇지?"

"아… 예."

"도구는 〈자유자재로 다루어야〉 비로소 편리해지고 자기 밑거름이 되지. PC나 스마트폰이 있어봤자, 궁금한 단어나 검색하고 인터넷으로 블로그나 읽는 데 그친다면 아무것도 내 것이 되지 않아. 만화에 쓸 만하다 싶으면 물론 시도해보는 거야. 그게 당연하지?"

"…뭐, 그렇죠."

"그래도 내가 아날로그 작업환경을 선호하는 것은… 단순히 PC를 켜서 페인트 소프트를 불러오고, 도구를 선택해서 펜촉을 지정하고… 이런 것을 찔끔찔끔 하기보다는——"

로한은 품속에서 자기 펜을 꺼내더니, 테이블에 비치된 종이 냅킨을 펼쳤다.

"——〈아날로그로 하는 편이 압도적으로 작업이 빨라〉."

카라사와가 보기에는 마치 마법 지팡이를 휘릭 흔드는 듯한 동작이었다. 그것만으로 냅킨 위에는 로한의 대표작 『핑크 다크의 소년』의 주인공이 또렷이 그려져 있었다.

"어… 지금, 벌써 그리신 거예요?! 냅킨인데! 그리기 어려울 텐데!"

"〈종이〉와 〈잉크〉. 손을 움직이는 대로 직접 표현할 수 있는 심플한 도구… 번거로운 〈버전 업데이트〉도 필요 없고, 〈다운〉도 없지. 디지털을 시험해보고 편리함을 이해한 다음… 〈나 키시베 로한의 손에는 원고용지가 더욱 잘 맞았다〉. 그런 얘기야."

신기神技라고 해도 좋을 속도였다.

종이 냅킨에 깔끔하게 선을 그어 그림을 그린다. 지렁이가 기어가는 속도로도 어려울 작업을, 눈에 보이지도 않을 만큼 빠르고 정밀하게 실행한다.

백문이 불여일견. 말보다 증거.

이런 무리들에게는 보여주는 것이 가장 빠르다. 그러면 두 번 다시 어이없고 무례한 질문을 하지 않는다.

실력을 가진 자에게 그것은 지극히 스마트한 해결방법이다.

상황이 해결되자 로한은 다시 자리에서 일어섰다. 짐짓 손목시계를 들어 보여주면서.

"그럼… 재미도 없는 이야기를 했군. 나는 그만 가야겠어. 이제 다른 볼일이 있어서."

"네? 어디 가시게요? 모처럼 경비도 나오니까 시간을 좀 보내다가 식사라도 같이 하시면 좋겠다 싶었는데… 〈소혀 된장구이〉 같은 걸로…"

"자넨 말이야── 입을 열기 전에 3초 정도 생각을 하고 대화를 해. …왜 내가, 굳이, 자네와, 즐겁게, 지방 명물을 먹

어야 하지? 나는 이제 대학에 가봐야 해. 〈모리오 정보통신
대학〉."

"대학요?"

"말하지 않아도 알겠지만, 강의를 들으러 가는 것은 아니
야. 취재지, 취재… 기묘한 사건이 있었거든. 최근에 교사校
舍를 새로 지었다는데… 그 학교 학장이 거기서 〈전갱이 포〉
같은 시체로 발견됐다는군."

"…………뭐라고요?"

"〈전갱이 포〉라고. 먹어본 적 없나? 〈소혀 된장구이〉보다
그걸 먼저 먹어봐야 하지 않겠어?"

"아니, 먹어보긴 했는데요… 방금 그 얘기를 들으니 앞으론
못 먹을 것 같지만… 다시 말씀해주시겠어요? 〈전갱이 포〉
같은, 뭐라고요?"

"〈시체〉라고. 학장의… 몸 중심선에서 좌우로 쩍 갈라진.
〈내장〉도 없이, 깔끔하게 다듬어놨다는 거야. …기대해, 만화
소재가 될지도 모르니까."

"아니, 아니 아니 아니 아니. 선생님, 그렇게 뚜렷이 기억에
남을 만한 사건을 뉴스에서 본 적은 없는데요…"

"하긴 그렇군. 〈누군가〉가 정보를 숨겼겠지. 뉴스에는 나오
지 않았어. 이건 다른 일로 취재를 하다가 우연히, 그 대학에
다니는 학생에게… 〈들은〉 이야기니까."

정확히는 〈들은〉 것이 아니라 〈읽은〉 이야기다. 취재라기에는 다소 일방적인 방식이었지만, 이것도 프로 의식의 발로다. 더이상의 상세한 내용은 생략하자.

하지만 그런 것들을 카라사와라는 편집자에게 가르쳐줄 생각은 로한의 가슴속에 〈1비트〉도 존재하지 않았다.

이제 멈출 생각이 없는 발소리가 카페 출구를 향해 나아간다. 메마른 가을 공기 속에서 뚜벅뚜벅 하는 가죽구두 소리가 경쾌하게 울렸다.

"아, 커피 값은 경비로 올려주겠지?"

모리오 정보통신대학.

지명이 들어간 대학이지만 사립학교다. 창립 이래 어느 정도 역사를 쌓아온 학교로, 취업률도 좋고 개방적이며 밝은 교풍에 힘입어 학생 수는 제법 많다.

예전부터 있었던 교사와 더불어 학부가 늘어남에 따라 교사를 새로 지었다고 하니 학교 경영도 순조로운 듯하다.

그 교사의 신축을 결정한 학장이 〈전갱이 포〉가 되었다. 그것도 지은 지 얼마 되지 않은 이 교사에서 말이다. 말하자면 〈사건 현장〉.

그런 신 교사를 정면으로 바라보며 키시베 로한은 서 있었다.

"…변사 사건이 있었던 학교라기에 조금 기대를 하고 왔는데… 뭐지. 의외로 〈평소 그대로의 일상〉 같은 느낌이군. …일요일 공원보다 긴장감이 없어."

교문을 드나드는 학생들은 썩 별다른 낌새가 없다.

아마 강의도 차질 없이 진행되는 모양이다. 강사도 학생도, 자기들이 공부하는 곳에서 사망자가 발생했다는 사실에 그리 관심이 없는 것일까.

아니, 그들은 애초에 〈대부분의 것에 관심이 없는〉 태도로 보이기도 한다.

죽은 사람에게 신경쓸 만큼 한가하지 않은 것일까, 아니면 지나치게 한가한 것일까.

그런 것은 로한이 생각할 일이 아니고, 관심도 없다.

좌우간 〈변사 사건〉의 무대는… 생각보다 만화가의 호기심을 자극할 만한 상태가 아닌 것이 문제였다.

"나 이런. 재학생을 관찰해도 참고가 안 될 것 같군… 확실히 학생에게서 〈들은〉… 〈읽은〉 정보에 따르면 사건이 일어난 것은 〈신 교사 5층〉… 우선 거기에 가보기로 할까. 그나저나…"

다시금 로한은 눈앞의 교사를 바라본다.

그것은 참으로 흔해빠진 건축양식으로 지은 건물이었다. 건축된 지 얼마 안 됐으니 깔끔하기는 하다. 하지만, 그뿐이다.

건축물도 일종의 〈아트〉일 것이다. 〈기능미〉 외에 〈양식미〉를 담을 여지가 있다.

만화가가 〈마감〉이나 〈페이지 수〉 〈금지용어〉 등의 제약 속에서 최대한 자신을 표현하듯이 건축가는 〈고객의 오더〉나 〈건축기준법〉의 범위 내에서 최대한 자신을 표현할 터이다. …그 충돌과 타협에 의해 〈창작자의 색〉이 태어난다.

그러나 이 교사에는 그것이 없다.

특징이 없는 것이 특징이라고 할까, 〈맞아, 대학 건물이란 이런 식이었지〉 하는 막연한 이미지를 그림으로 나타낸 듯한 모습.

〈무채색 익스테리어Exterior*〉는 수수하다기보다 무색무취였으며, 마치 상자를 아무렇게나 잘라 붙인 듯한 인상을 준다. 〈건축기준법이나 소방법만 준수하면 되지?〉 하는 목소리가 들리는 것 같아 〈디자이너로서의 의욕〉이 느껴지지 않는다. 보다보면 저절로 시선이 떠나는 건물.

로한은 교사 자체를 보러 온 것은 아니지만, 건축가가 담은

---

* 건물의 외부 구조나 장치. 인테리어의 반대어.

〈마음〉이나 〈프라이드〉 같은 것이 전혀 느껴지지 않는 그 건물에는 '애써 적지 않은 돈을 들여서 건물을 새로 지었더니 이 모양이라고? 사인은 둘째 치고, 그 학장이란 작자도 죽고 싶어질 만하군'이라고 한마디 거들고 싶은 마음이 솟구쳤다.

적어도 자기가 학생이라면 이곳에서 뭔가를 배우고 싶지 않을 것이다…

"…응?"

문득 로한은 시선에 〈걸리는〉 것을 느꼈다.

위화감이라고 해도 좋을 것이다.

들어오는 시야에 부자연스러운 것이 비쳤다. 반응한 것은 아마 본능적인 부분일 것이다. 그래서 처음에 로한은 자기가 뭘 보고 있는지, 생각을 정리하는 데 시간이 걸렸다.

"저것은… 인간인가?"

그렇다. 틀림없이 〈그것〉은 인간이었다.

로한과 마찬가지로 따분한 듯 교사를 똑바로 바라보며 우두커니 선 남자.

나이는 서른 전후… 보통 체격에 보통 키. 황토색 재킷에 슬랙스 차림으로, 언뜻 보면 대학 강사인가 싶을 정도의 자연스러운 외양이다.

거기까지 나열된 특징으로는 딱히 이상한 곳은 없다.

하지만 그 남자는 어딘가 기묘했다. 로한의 눈에는 마치 그 남자가 〈정교한 로봇〉이나 〈어설픈 3D 그래픽〉으로 된 것처럼 비쳤다.

〈부자연〉이 인간의 형태를 하고 있는… 그런 인상.

현실세계의 풍경에서 그 남자는 너무나 동떨어져 있었다.

로한은 저도 모르게 그 남자를 주시했다. 잠시 후 시선을 느꼈는지, 남자는 천천히 몸을 돌려 로한과 눈을 마주쳤다.

그때 비로소 로한은 위화감의 정체를 깨달았다.

그 남자는 〈대칭〉이었다.

신경질적일 만큼 정확하게 정리된 가운데 가르마 머리.

거울을 댄 듯 오른쪽에도 왼쪽에도 단추가 달린 좌우대칭 디자인의 재킷.

무늬 없이 심플한 단색 스웨터. 양손목에 찬 손목시계. 양쪽 귀에 달린 피어스. 얼룩 하나 없이 잘 닦은 가죽구두.

각도까지 완벽하게 정리된 눈썹. 양쪽 눈꼬리에 하나씩 있는 눈물점. 1밀리도 어긋남 없이 깔끔하게 깎은 손톱… 기타 등등.

머리모양도. 옷차림도. 그 이목구비도. 몸집마저도.

몸 중심에 거울을 세워둔 것처럼—— 모든 것이 〈대칭〉이었다.

"……"

로한의 머리에 떠오른 말은 '이 녀석은 뭐지?'가 아니라 '이건 뭐지?' 하는, 더욱 물질적인 의문으로 바뀌었다. 생물을 보는 시선으로 이 남자를 대하기는 쉽지 않았기 때문이다.

너무나 철저한 대칭. 흐트러진 부분 하나 없는.

그 남자의 외양은 흡사 〈디자인〉된 듯. 인간으로서는 불가능한 모습.

그를 바라보는 로한의 마음속에서는 다음과 같은 생각이 떠올랐다.

'―이봐 이봐 이봐 이봐, 〈딱〉이잖아! 너무 수상해! 『이누가미 일족』에 나오는 〈스케키요*〉처럼 위화감이 넘치는 녀석이야… 〈갑자기 변사 사건다워졌어〉.'

자, 이렇게 되면 멈출 수 없다.

기묘한 사건 현장에 기묘한 남자. 〈실마리〉치고도 너무 크다. 그런 〈마치 괴기소설!〉 같은 일은 로한에겐 환영할 만한 전개였다.

가령 이 대칭남이 사건 관계자라 해도, 또는 그렇지 않다고 해도, 이렇게 〈캐릭터성이 옷을 입고 걸어다니는〉 듯한 남자를 보고 그냥 지나친다는 경우의 수는 존재하지 않는다.

---

* 긴다이치 코스케의 작품 『이누가미 일족』에 등장하는 가면 쓴 인물.

이 사건을 모티브로 만화를 그린다면 이 남자에게서 받은 영감을 당연히 써먹어야 하지 않을까? 로한은 그렇게 생각했다.

그리하여 로한은 눈이 마주친 남자에게서 시선을 거두지 않고, 오히려 가까이 가보기로 했다.

똑바로 자기를 향해 걸어오는 로한에게 남자도 의문을 느낀 듯하다.

먼저 입을 연 것은 그 남자였다.

"저… 무슨 일이시죠?"

남자의 목소리는—당연하다면 당연하지만—극히 평범한 성인 남성의 목소리였고, 외모를 보고 짐작한 나이보다 젊다. 얼굴만 보지 않는다면 산뜻한 청년과 이야기한대도 믿을 법하다.

목소리를 내기 위해 입을 여는 모습마저도 얼굴 각 부분이 일사불란하게 〈대칭〉을 유지하고 있어서 기분 나쁘지만, 의사소통이 가능한 상대라는 실감은 크다.

그럼 이제 어떻게 할까.

로한은 2초 정도 고민했지만 단도직입적으로 묻기로 했다.

"자네의… 그 패션이 눈에 띄어서. 상당히 철저한데… 그런 것이 취향인가? 아니면 무슨 주술인가?"

"아… 이거? 말인가요?"

남자는 자기 양손목을 보고, 금속 벨트로 된 손목시계를 짤랑짤랑 울리듯 흔들었다.

"그렇구나, 이것 말씀이시구나아~~"

자세히 보니 디자인이 완벽하게 똑같은 정도가 아니라, 한쪽은 문자반까지 정교하게 〈좌우반전〉을 이루고 있다. 〈거꾸로 가는 시계〉. 아무리 봐도 적잖은 돈이 들었을 법한 〈특별 주문품〉.

게다가 불편하다. 시간을 확인할 수 없을 정도는 아니지만 시계로 이용하기에는 매우 불편하다.

즉 오로지 장식의 기능만 한다는 것이 명백했다.

"하긴 드물겠죠… 손목시계를 양팔에 차는 남자… 딱히 〈축구 팬〉은 아니지만요. 마라도나나 혼다 케이스케를 흉내 내는 건 전혀 아니고요… 하긴 그들도 〈신체 균형이 무너진다〉는 이유로 양팔에 손목시계를 차는 모양이니 어떤 의미로는 동지인 셈…이라고나 할까요?"

"그런 건 축구 선수에게 물어보겠나? 그렇게 일부분이 아니라. …전부 그렇잖아, 전부. 알면서 하는 거지? 옷이나 머리 모양도."

"…네, 네, 말씀하시는 대로 제 패션은 〈대칭〉을 테마로 통일하고 있죠."

남자는 손목시계가 보이도록 양손을 들고 어깨를 으쓱했

다. 양다리를 모은 포즈 역시 좌우대칭. 익숙해지니 어쩐지 패션으로서는 통일감이 있음직도 하다.

"제 패션 테마를 용케 알아보셨군요. 상당한 〈관찰안〉의 소유자이신데… 혹시 직업이 명탐정이신가요?"

"지금 빈정대는 건가? 아무리 눈치가 없어도 알아볼 텐데. 『월리를 찾아라』 초급편이 차라리 더 어렵겠군."

"〈월리〉의 패션은 너무 별로죠~~ 특히 머리모양과 모자가요. 제정신인지 모르겠어요~~"

제정신인지 모를 것은 그쪽이지. 로한은 무심코 입 밖에 낼 뻔했다.

조금 전부터 대화가 미묘하게 어긋나고 있다. 더욱더 수상함을 더해가는 남자를 로한은 저도 모르게 노려보듯 지그시 응시하고 있었다.

로한이 주목하고 있다는 것을 확인하자, 남자는 이어 양손으로 재킷 자락을 잡고 디자인을 과시하듯 팍! 소리나게 당겼다.

"이 옷 〈인스타 감성〉 죽이겠죠?"

"……그럴지도. 뭐, 굳이 따지자면 트위터에 더 어울릴 법하기는 해. 사진을 올리면 리트윗은 웬만큼 받지 않을까?"

로한은 잠시 뜸을 들이고 대답했다. 물론 이 대답에 선의가 담겨 있지는 않지만.

"하긴 저도 딱히 그런 SNS? 라고 하나요? 좀 어렵더라구요. 그런 데에는 진짜 어둡지 말입니다 —— 아하하하하하하하하하하."

"정보 관련 대학에서 그런 말을 들을 줄은 몰랐군… 자넨여기 강사가 아닌가?"

"아뇨. 인사가 늦었습니다. 저는 츠치야마 쇼헤이_{土山章平}… 대학 관계자는 아니고… 아니지, 어떤 의미로는 관계자라고 할까요?"

"나한테 묻지 말라니까. 질문을 질문으로 받는 것은 〈이곳의 관례〉인가? 아니면 역시 시비라도 걸겠다는 거야? …가만, 아니. 〈츠치야마 쇼헤이〉라고?"

"네."

"건축가?"

"바로 그렇습니다. 저, 여기서 보이는 〈신 교사〉를 설계한 사람이죠."

"…자네가?"

의외다. 그것이 로한의 솔직한 감상이었다. 츠치야마라는 이름이 기억에 있기 때문이다.

최근 잡지나 방송에서 이름이 오르내리는 건축가. 해외에서의 경험을 살린 독창적인 디자인 감각을 가졌다는 평이지만 썩 구체적인 정보가 없었기 때문에 로한도 흥미가 끌렸다.

하지만 그런 남자가 만든 것치고 눈앞의 교사는 너무나 평범하기 그지없었다.

도저히 소문으로 들었던 〈츠치야마 건축〉이라는 생각이 들지 않는 것이다.

그런 로한의 마음을 눈치챘는지, 츠치야마는 교사와 로한을 번갈아 보며 물었다.

"저 〈교사〉를 어떻게 생각하시나요?"

"…어떻게, 라니?"

"멋지다거나 아름답다거나, 건물에 대한 감상 말입니다… 있을 거잖아요? 인간이라면 건축물을 봤을 때 뭔가를 느낄 겁니다. 사람이 생활할 때 〈의식주〉는 결코 떼려야 뗄 수 없죠. 〈건축물〉이 없으면 연약한 인간은 자연의 힘을 견뎌낼 수 없으니… 비바람을 피하고 내리쬐는 뙤약볕을 막기 위한 〈껍질〉이며… 〈나는 이런 수준으로 생활한다〉는 것을 보여주는 〈신분증명서〉. …〈인간으로서의 감성〉이 있다면 건축물에 어떤 감성을 품어야 합니다. 안 그러면 〈건축물에 살 자격이 없어요〉. …안 그렇습니까아아?"

"……"

목소리는 온화하지만 자기주장이 매우 강한 남자였다.

꺼림칙한 외양과 맞물리니 그 태도에는 위압감마저 느껴진다. 그러나 확실히 로한에게는 지금 확고한 감상이 있었다.

그래서 그 감상을 솔직한 말로 대답해주기로 했다.

"〈특징이 없다〉는 것이 특징이군. 학교 건물로서는 튼튼하게 짓기는 했지만 재미는 없어. 뭣보다 〈프라이드〉가 느껴지지 않는군. 한마디로 하자면… 〈아트〉가 아니야."

"그렇죠오오———?!"

로한이 조금 〈움찔〉할 정도로 츠치야마는 갑자기 희색이 가득해졌다.

기쁜 듯이 웃으니 다소나마 표정에 인간미가 떠오른다. 하지만 그 웃는 얼굴도, 내려가는 눈꼬리도 올라가는 입꼬리도, 철저하게 〈대칭〉이어서 더욱 부자연스러움을 더하고 만다. 자연스러운 반응에 대한 부자연스러운 외양이 그저 꺼림칙하기만 했다.

"〈인스타 감성〉? 저 건물은 저어어얼대 아니죠오오오~~~? 좌우간 겉모습에 〈미학〉이 없어어어———! 밸런스가 나빠! 태도도 나빠! 사람을 욱여넣는 것만 생각한 꼬락서니라니까, 진짜 〈품위 없어〉! 그렇다는 말씀이시죠? 당신도! 아하하하하하하하하하하. 알겠어요, 그 심저어어어어엉———!"

"…아니, 그 정도까지는 아니고."

뭐지, 이 녀석은.

로한의 마음속에는 그 여섯 글자가 떠올랐다. 츠치야마의 태도에는 꺼림칙한 외양과는 또다른 종류의 기묘함이 있어서, 호기심과 함께 위기감이 고개를 쳐들기 시작한다.

그러나 대조적으로 츠치야마는 로한이 마음에 든 모양이다. 여전히 꺼림칙한 웃음을 띤 채 로한을 이끌듯이 교사 쪽으로 걸음을 옮겼다.

"저렇게 못난 건물이라도 안에는 쉴 수 있는 공간 같은 것이 있거든요── 저 주제에 말이죠오오── 아하하하. 가벼운 조크. 그럼 커피라도 마시면서 이야기를 나눠볼까요? 당신은 〈보는 눈이 있는 사람〉입니다. 분명."

"마음대로 이야기를 끌고 가지 마! 이건 정말… 대화가 안 통하는 작자로군. 고객과의 업무 협의도 그따위로 하나?"

이쪽의 항의는 들은 체도 않으며 걸어가려는 츠치야마를 따라가려니 로한은 다소 거부감이 들었다. 어쩐지 상대의 페이스에 놀아난다는 기분이 들어서다.

하지만 눈앞의 상대가 〈키 맨〉이라는 것은 틀림없어 보였다.

〈사건 현장을 설계한 건축가〉 …이만큼 적절한 취재 대상은 없다. 그래서 로한은 결국 츠치야마의 뒤를 따라가기로 했다.

그러나.

"그래서 말이지── 미요라면 딱 될 줄 알았거든. 나를 바라보는 눈이 꼭 〈우리집 개가 발정났을 때〉랑 똑같아서──"

"으하하하! 넌 기준이 개냐? 진짜 개 같은 소리하네! 와하하하!"

대학생 둘이 앞도 보지 않고 걸어오다가 츠치야마의 어깨에 부딪혔다.

사과 한마디 없이. 로한이 생각하기로 이런 대학의 학생들은 내성적이며 그만큼 예의가 바를 줄 알았는데 그렇지도 않은 모양이다.

학생은 그대로 츠치야마 옆을 스치고 품위 없는 이야기를 계속 멍멍 짖어대며 지나가려 했다.

——츠치야마는 갑자기 빽 소리를 질렀다.

"야이 자식—— 뭐하는 짓이야아아아아아아아———!!"

"으악!"

츠치야마는 지나가려던 학생의 어깨를 오른손으로 잡고 돌려세운다. 당연하게도, 갑자기 힘을 받은 학생은 아픈 듯 소리를 냈다.

그리고 왜인지 츠치야마는 왼손으로도 학생을 잡아 반 바퀴를 더 돌려서 다른 쪽을 보게 했다. 그런가 싶더니 다시 이쪽을 보게 돌려세웠다.

이리저리 돌려진 학생은 당연히 당황스러워 보였다.

"뭐하는 짓이냐니… 그러는 당신은 이게 무슨 짓이야아아—?! 어, 이봐! 왜 또 돌려! 이거 어디 이상한 사람 아냐?!"

"아아아아아아—! 이래서 사람을 돌려세우기 싫었는데! 왜 〈오른쪽〉이나 〈왼쪽〉으로 돌지 않으면 이쪽을 볼 수 없는 거야! 〈한쪽으로 치우치〉잖아! 내 〈팔의 피로〉가 균등하질 않아! 말을 걸면 스스로 돌아서야지! 〈굳다가 뭉개진 콘크리트〉처럼 못생긴 주제에 그런 눈치도 없나! 대체 가정교육을 어떻게 받은 거야! 이런 똥통학교에 아무 생각도 없이 왔다 갔다만 하니까 머릿속에 똥만 가득하지! 그래서 너희들이 똥 구더기라는 거야! 알아? 그런 인간이 집이며 세상을 망치는 거야! 이것도 망치고 저것도 망치고! 너희들은 〈흰개미〉야! 세계의 토대를 갉아먹고 사는 흰개미! 이 밟아 죽일 더러운 똥구더기 새끼들! 됐어! 당장 꺼져!!"

"뭐가 어째, 이걸 그냥 확———?!"

"야, 됐어~~! 좀 이상한 사람 같아! 그냥 가자!"

츠치야마의 서슬에 겁을 먹은 듯하다. 무리도 아니다.

학생들은 달아나듯 재빨리 그 자리에서 뛰어가버렸다.

로한은 그 상황이 끝날 때까지 〈멍한〉 표정으로 보고 있었다. 영문을 알 수 없었기 때문이다. 그만큼 츠치야마의 변모는 갑작스럽고 맥락이 없었다.

그런 로한의 반응에 개의치 않고… 츠치야마는 다시 로한을 보았다.

"…죄송합니다. 저… 아까 그 녀석들이 ××××(너무 지저분한 말이어서 차마 여기 적을 수 없다)여서 그만… 그런데 부탁 하나만 드려도 될까요?"

츠치야마는 로한의 대답을 기다리지 않았다.

조금 전, 학생과 부딪친 어깨의 반대쪽 어깨를 내밀며 그는 말을 이었다.

"…제게 〈부딪혀주시지 않겠습니까〉…?"

"…………뭐라고?"

"되도록 빨리 부탁드립니다. 아픔이 〈치우쳐서〉… 전신주 같은 곳에 부딪히면 또 균형이 안 맞거든요. 가능하면 아까 그 녀석들처럼 자연스럽게 걷는 느낌으로… 아, 진짜 좀 서둘러주세요. 시간이 가면 한쪽의 아픔이 옅어져서 〈치우침〉이 심해지니까. …더이상 저를 한쪽으로 〈치우치지 않게 해주십시오〉."

"……"

적어도 로한에게 한 가지 확신은 들었다.

〈변사 사건〉에 관계가 있든 없든, 이 남자에게는 〈뭔가 있다〉.

역시. 안에 들어와봐도 따분한 건물이었다.

그나마 설치되어 있다던 휴게공간은 푸드코트 같은 구조로, 한쪽에 구내 매점을 두고 커피나 차를 마실 수 있도록 되어 있었다.

하지만 딱히 꾸밈이랄 것은 없이, 흡사 병원 대기실을 보는 기분이 든다. 그런 인테리어였다.

잠시 앉았다 일어날 거라면 간단한 벤치도 있으니 그쪽도 좋다고 로한은 말했지만, '벤치라면 정가운데에 앉아야 합니다'라고 츠치야마가 주장하기에 테이블석을 택했다. 역시 4인용은 불편한지 2인용 테이블을, 굳이 휴게공간 한가운데까지 끌고 왔다.

여기 오기 전에 편집자와 미팅을 했던 로한은 커피를 사양했기에, 츠치야마만 커피잔을 앞에 두고 자리에 앉았다. 로한은 맞은편에서 그것을 바라보고 있었다.

역시 철저하다.

츠치야마는 컵 손잡이가 정면에 오도록 조절해서, 자기가 보기에 커피잔 전체가 좌우대칭을 이루도록 애쓰고 있었다. 이 구내 매점의 오리지널 블렌드…

그 컵에, 조심스레 개봉한 스틱 설탕을 양손에 하나씩 들고 양쪽에서 균등한 속도로 넣는다. 설탕이 검은 수면 속으로 완전히 가라앉자, 역시 양손에 하나씩 스푼을 들고 〈젓는〉 것이 아니라 〈흔드는〉 형태로 커피에 설탕을 섞는다.

"생각해보면, 대칭이란 부자연스러운 것입니다."

츠치야마는 아무 맥락 없이 말을 꺼냈다.

"이 별은 지금 얼마나 아스팔트나 콘크리트로 뒤덮여 있을까요. 인간이 하는 건축이나 개발이란 결국 자연에게는 파괴적인 행위일 뿐입니다. 그렇다면 디자인 역시 〈자연에 반역하지 않으면 안 된다〉… 대칭이란 〈인간이 자연을 극복하려는 의지의 표상〉인 것입니다. 안 그렇습니까?"

"그러니까 나한테 묻지 말아주겠나? …저 말이야, 나는 이 교사가 따분하다고 했을 뿐이지 딱히 자네의 〈대칭교〉에 동의하는 건 아니야. 오히려 그걸 이해할 수 없어서 말을 걸었던 거지."

"〈대칭교〉. 그 말 좋군요── 우후후후후후."

츠치야마는 입으로 말해보더니 황홀한 표정을 지었다. 손잡이를 무시하고 커피잔을 두 손으로 들어 입으로 가져간다. 아기가 우윳병을 드는 듯한 몸짓으로.

"그래도 저는 역시 〈대칭주의〉라고 부르려 합니다. 한자로 쓰면 그쪽이 조금이나마 더 대칭과 가까워서요. 아, 한자는 정말 짜증나요. 비대칭이 많아서 〈품위〉가 없거든요. …아, 그래도 〈품品〉이라는 한자는 대칭이라서 좋아합니다. 〈품品〉위가 있네요. 〈품品〉이니만큼. 아하하하, 가벼운 조크."

"뭐가 재미있는지 몰라도 멋대로 동의를 구하지 말지."

"우후후, 실례. 뭐, 이것도 나름대로 꽤 힘들거든요. 아무튼 이 세상엔 대칭이 아닌 것이 너무 많아서요."

"그야 그렇겠지. 아까 본인이 말했잖아? 〈부자연〉스럽다고. 적극적으로 취향을 주장하는 자세를 싫어하진 않지만 이 세상을 살아가기엔 꽤나 힘들겠어."

"네, 뭐. 우선 이 세계는 뭐가 그리 좋은지 대부분의 물건은 한손으로 다루게 되어 있습니다… 전화 같은 게 특히 난감해요. 오른손 아니면 왼손으로 들고, 오른쪽 귀나 왼쪽 귀에 대야만 하니까요. 그렇게 생각하면 스마트폰의 〈핸즈프리 기능〉은 대단한 혁신이었죠. 그건 정말 좋아!"

"지금까지는 어떻게 살았지? 자동차 운전도 못할 텐데. 운전석이 반드시 어느 한쪽으로 치우치잖아. …아니면 〈맥라렌 F1〉 같은 차라도 모는 건가?"

"그건 제 꿈이죠〜〜 하지만 지금은 되도록 차를 타지 않는 방향으로 대처하고 있습니다. …PC도, 마우스를 두 개 연결해서 사용하죠. CAD를 쓰기 편해서 다행이에요──"

"아니 아니 아니, 아무리 그래도 거짓말 같은데! 적어도

〈이도류 마우스〉가 쓰기 편하도록 되어 있지는 않을걸, 그런 기계는!"

컵을 내려놓자 츠치야마는 양손을 펼쳐, 손바닥이 보이도록 얼굴 양옆으로 들었다.

"그리고 다치기라도 하면 난감해져요… 가령 오른손이 칼에 베었다고 합시다. 그럼 통각이 치우치잖아요. 아하하하. 그럴 땐 왼손도 똑같이 칼로 베는데——"

로한은 〈그 집착이 좀 이상한 데까지 간 것이 아닌가?〉라고 끼어들고 싶었지만 츠치야마의 이야기는 이어졌다.

"——다친 오른손으로 베야 하니까 좀처럼 잘 되질 않아요… 그래서 되도록 다치지 않으려고 조심하게 됐습니다. 〈손거스러미〉 하나 생기지 않도록요. 이러니 정말… 대칭주의는 건강에 좋다고 할 수 있네요—— 아하하하하하."

"아니… 그건 논리의 비약이지. 단순히 불편한 생활을 선택했기 때문에 어쩔 수 없이 불편을 감수하는 것뿐… 그것을 마치 미덕인 양 강요하는 것은 썩 칭찬할 게 못 돼."

"뭐라고 말씀하셔도 좋습니다. 저는 대칭을 믿으니까요."

의심 없는 목소리. 반짝반짝 빛나는 눈동자.

그것은 〈쇼윈도에 진열된 트럼펫을 바라보는 아이〉처럼 순수한 동경을 담고 있어서, 어떤 의미로는 눈부시다 할 수 있을지 모른다고 로한은 생각했다.

"아무튼… 그 철저한 몸짓. 그리고 패션. 상당한 노력이 들어갔을 것 같군… 하지만 내 기분 탓이 아니라면 자네는 그 〈얼굴 생김새〉나 〈골격〉까지 대칭으로 보이는데… 그쪽은 어떻지?"

"정말 예리하셔!"

츠치야마는 무릎을 탁 쳤다.

그것도 양손으로 양 무릎을 동시에 쳤기 때문에 흡사 태엽 장치가 된 장난감처럼 보인다.

"과연 대단하십니다… 아무튼 인간의 몸은… 어디를 두고 봐도 비대칭이라서 골치거든요. 이렇게 추할 수가 있나. 이게 신의 시련이 아니라면 설계 불량이라고 할 수밖에요… 그래서 〈성형〉을 했습니다."

"……?"

아무 일도 아니라는 듯.

그렇다, 마치 '머리카락이 너무 자라니까 성가셔서 큰맘 먹고 싹둑 잘랐다'는 식으로. 츠치야마는 분명히 그렇게 말했다.

"……내가 잘못 들은 것은 아니겠지? 방금 〈성형했다〉고 했나? 〈성형〉이라면 즉… 가령 피부 속에 〈실리콘〉이니 뭐니를 넣어서 〈자기 몸을 좌우대칭으로 만들었다〉 …라고, 그렇게 해석하면 될까?"

"바로 그렇습니다."

자랑스럽기조차 한 태도.

무엇 하나 별스러운 구석은 없다. 당연한 일이라는 태도. 한 점 의문도 없이 믿지 않는다면 나올 수 없는 태도였다.

"얼굴은 물론 몸도… 〈전신성형〉을 했습니다. 힘들었어요. 내장 배치가 까다로워서… 가능하면 위나 장도 모조리 들어내서 맞추고 싶었지만 제 요구는 생명에 지장을 준다나요. 좌우간 골격이라도 가능한 선까지 다시 구성하고, 중심이 맞도록 〈무게추〉도 넣었습니다. 훈련을 해서 〈쓰는 손〉이나 〈쓰는 발〉처럼 〈근력이 치우치지〉 않도록 교정해서, 제 몸은 이제 결코 좌우의 균형이 무너지는 일이 없어진 겁니다."

"……"

상대의 말에 한마디도 할 수 없다. 흔히 그것을 〈말문이 막힌다〉고 한다.

츠치야마는 〈자랑〉을 하고 싶어서 이 이야기를 한 것이리라. 그에 대해 찬사를 보내는 것은 물론, 부정조차 로한은 할 수 없었다. 상대는 의사소통 자체를 바라지 않는 듯하다.

잠시 사이를 두고.

로한은 대화의 페이스를 찾기 위해 다시 질문을 던졌다.

"…이봐, 츠치야마 쇼헤이. 자네는 옛날부터 그런가? 태어날 때부터 그런 대칭주의 속에서 살아왔나?"

"…아뇨… 사실 제가 대칭주의의 전도사가 된 것은 몇 년 사이의 일입니다."

몇 년.

그것은 츠치야마 쇼헤이라는 건축가의 이름이 알려지기 시작해서 미디어에서도 자주 그의 이름을 듣게 된 시기와 일치한다. 개성적인 디자인이라는 홍보문구와 함께.

그것이 대칭주의에 대한 각성과 함께 일어났다면, 건축가로서 츠치야마가 약진한 것은 이 괴상한 주의가 관련되어 있다는 뜻이다.

"…몇 년이라. 몇 년 전에 대칭주의에 눈을 뜨게 된 사건이 있었다는 말이군."

"예, 그렇죠… 대칭의 아름다움에 눈뜨기 전의 저는, 사실 제가 생각해도 재미없는 모범생 같은 건축가였습니다. 〈100점 만점짜리 답안이 있다면 80점은 확실하게 따는〉 식으로요… 나머지 20점은 운에 맡겨서, 따면 좋고 아니면 말고. 시시하죠?"

"정말 시시하잖아!"

"그렇게 말씀해주시니 좋군요. 저도 그런 자신에게 염증을 느끼고 새로운 영감을 얻기 위해 해외로 여행을 떠났습니다… 장소는 〈그리스〉. 〈고전 건축주의〉의 핵심이죠. 거기라면 내게 〈절대적인 감성〉을 안겨줄 〈뭔가〉가 있을 거라고…

지푸라기를 잡는 심정으로 저는 떠난 겁니다."

추억을 되짚듯 츠치야마는 시선을 들어 허공을 바라보았다.

그 눈에는 결코 이곳의 몰개성한 실내 장식이 비치지 않을 것이다. 마음과 시선은 여러 해 전의 그리스로 날아가 있었다.

"그곳에서 〈신전〉을 만났습니다."

"〈신전〉? …파르테논 신전이나 헤파이스토스 신전 말인가?"

"네. 하긴 제가 본 것은 좀더 작은… 팸플릿에도 안 나오는 허름한 신전이었죠. 가이드는 무슨 신을 모신 곳인지도 가르쳐주지 않았어요. 애초에 관광 루트에서 벗어나 있었으니까. 그냥 헤매다가 이끌리듯 우연히 만난… 그것은 말 그대로 〈잊힌 신전〉이었는데, 저에게는 〈잊을 수 없는 신전〉이었습니다…"

츠치야마의 눈동자는 황홀감에 젖어 있었다.

〈그리움에 애타는 얼굴〉의 모델로 적당할 듯하다. 하지만 그것은 달리 말하면 현실을 바라보지 않는 남자의 얼굴이며, 현생에서 어딘가 동떨어진 먼 곳을 숭배하는 얼굴이기도 하다.

이런 표정을 지을 수 있다는 것은, 곧 그 사람의 혼이 이 세상과 동떨어져 있다는 뜻이 아니겠는가.

로한은 다시금 츠치야마 쇼헤이라는 남자에게서 〈위험성〉을 느꼈다. 땅에 발을 딛지 않고 사는 자는 땅에서 살아가는 누군가를 짓밟는 걸 서슴지 않기 때문이다.

하지만 그것은 아직 이 자리에서 지적할 일이 아니므로… 로한은 이야기를 재촉했다.

"그래서… 그 신전이 어땠다는 말이지?"

"〈아름다웠던〉 …고대 유적입니다. 낡기는 했죠. 하지만 그 모습에서 신전의 완성된 원래의 모습을 또렷이 읽어낼 수 있었어요… 낡았으면서도 그 신전은 무너지지 않는 특징을 가지고 있었던 겁니다."

츠치야마는 잠시 말을 끊었다가 숨을 크게 들이마셨다.

짐짓 〈뜸〉을 들이는 듯 보이기도 했다.

"…놀랍게도… 그 신전의 구조는 세부에 이르기까지, 열화된 상태임에도 완전무결한 〈대칭〉이면서 복잡한 미가 함께하는… 〈대칭 신전〉이었던 겁니다."

"…거기서 자네는 대칭주의에 눈을 떴고?"

"충격이었습니다. 제가 지금까지 봐온 세계는 거짓이 아니었을까 생각할 정도로… 인간이 생각하고 쌓아올린, 완성형 대칭 구조. 그것은 〈신비한 힘〉을 가진 건축물이었습니다. 이런 건축이 있다니… 저는 온몸의 가치관이 씻겨 나가고 말

160

았습니다. 〈이보다 더한 아름다움은 존재하지 않는다〉는 것을 이해한 겁니다!"

—— 광신자의 변명이군.

그것이 로한의 감상이었다. 츠치야마에게 그것은 세례였으리라.

로한은 츠치야마 쇼헤이라는 인물의 정신 구조를 대강 파악할 수 있었다. 그것은 역시 〈주의〉가 아닌 〈맹신〉이었다.

선악은 둘째 치고—— 공감할 수 없지만 이해는 갔다. 이 남자는 〈창조〉를 하지 않는다.

그리고 의문이 생겨났다.

"그렇군… 자네의 사연은 잘 알았어. 하지만 알 수가 없군. 그렇다면 어째서 〈이 교사는 대칭이 아닌〉 거지? 오히려 그 주의에 정면으로 반역을 하는 것처럼 보이는데."

"뭐… 그게 〈프로의 고뇌와 비애〉라고 할까요~~~"

후우—— 하고 츠치야마는 대놓고 한숨을 쉬었다.

신경을 거스르는 몸짓이다. 세계를 얕잡아 보고 있다는 것을 잘 알 수 있었다.

그리고 자리에서 일어섰다.

"걸으면서 이야기하죠. 이 따분한 교사를 둘러보며… 피크닉을 하는 속도로."

"저도 처음에는 디자이너로서 완벽한 작업을 하려 했습니다."

츠치야마의 발은 계단을 오르고 있었다.

1층에서 2층, 3층… 천천히 행진이라도 하듯이. 계단은 교사의 동서쪽에 하나씩 설치되어 있었는데, 그것은 대칭주의에 따른 것일지도 모른다고 로한은 생각했다. 다만 이 계단도 따분해 보였고, 초중교의 기억이 되살아날 듯 딱딱하기만 했다.

로한은 츠치야마의 뒤를 따라 걸으며 그 〈어디를 봐도 따분하기만 한〉 실내 장식에 어떤 의미로 감탄하고 있었다. 유치원 아이들을 불러 벽에 낙서라도 시키는 편이 훨씬 재미있을 성싶다.

츠치야마는 그런 풍경과는 전혀 반대되는 말을 늘어놓았다.

"저도 프로니까 기왕이면 〈좋은 결과물〉을 만들고 싶거든요."

"그런 것치고는 어느 모로 봐도… 따분하게만 보이는걸. 저 교실 문은 또 뭐야? 화장실 출입문을 잘못 달아놓은 것 아닌가?"

"아하하하하하하—— 하하하——— 하하하하하하하하하.
진짜 대박이시네."

뭐가 그렇게 우스운지, 츠치야마는 폭소한다. 아니, 웃음
소리가 다양하기도 하지.

츠치야마는 4층으로 향하는 계단을 오른다. 그리고 고른
발걸음으로 맨 꼭대기 층인 5층으로 향한다.

"…의뢰자와 저 사이에 견해 차이가 있었습니다."

갑작스러운 츠치야마의 말에 로한은 고개를 갸웃했다.

"견해 차이?"

"저는 제가 믿는 〈대칭의 미〉를 바탕으로 〈좋은 작품〉을
만들려 했죠… 저는 그 신전의 미술을 재현한 〈대칭 건축법〉
으로 이름을 날렸거든요. 제 네임 밸류를 이용해 학생을 늘
릴 심산으로 의뢰했다면 제 개성을 살려야 할 텐데…"

츠치야마의 목소리는 나직하지만 떨리고 있었다.

공포는 아니다. 그것은 〈노여움〉이었다.

로한은 그 시점에서 느꼈다. 이것은 〈살인자의 고백이 아
닌가?〉 하고. 교사 신축을 결정한 학장이 죽고, 눈앞에 분개
하는 남자가 있다. 너무나 알기 쉬운 정황 증거가 아닌가.

하지만 거기에 신경쓸 상황은 아니게 되어버렸다.

츠치야마의 다음 독백을 들은 시점에서.

"〈완벽하지 않은 작업〉은 애초에 할 가치가 없거든요. 그 결과가 이 못생긴 교사입니다."

"…뭐라고?"

로한의 눈썹이 움직였다.

츠치야마는 개의치 않는다. 살아 있는 인간을 바라보지 않는다.

그러니 태연히 그다음 말까지 해버리는 것이다.

"좌우 대칭성이 무너지고 조화가 깨진 디자인은 〈무슨 수를 쓰든 추한〉 겁니다. 모든 것은 〈뚜렷하게 좌우로 나뉘며 확실하고 명확〉해야 하죠. 〈대칭〉이 아니면 〈모두 무가치〉하며, 〈성실하게 임할수록 헛일〉인 거예요."

그 말은── 로한으로서는 당연히 수긍할 만한 것이 아니었다.

〈니콜라 드 스탈〉의 추상적 표현에 애수를 느끼는 로한으로서는.

"〈화장실은 각 층마다 하나면 된다〉? …〈대형 컴퓨터와 냉각 설비를 넣어야 하니 큰 방을 늘려라〉? 〈교실은 모아서 배치해달라〉? …참을 수가 있어야지. 내부 구조가 치우치면 외관에 얼마나 영향이 미치는지도 모르고… 〈배연 설비 설치 기준〉을 통과하면서 미관을 해치지 않는 〈개구부〉를 만드는 시점에서 이미 얼마나 고생인지 알기나 하나… 견딜 수가 없어. 내가 일할 가치가 있는 오더가 아니었다고."

"…그러니까 즉… 뭐지? 어차피 자기 소신에 위배되니까…
〈대충 디자인했다〉고?"

"딩동댕〜〜! 바로 그겁니다."

츠치야마는 당당하게 선언했다.

그 태도에… 로한은 〈프로의식 차이〉를 결정적으로 느
꼈다.

"분명히 말하는데… 츠치야마 쇼헤이. 디자이너로서 고집
이 있는 것은 좋아. 하지만 고집은 〈길이 없는 망망대해〉를
나아가기 위한 〈키〉가 되어야 하지… 거기에 얽매여서는 안
돼. 그게 〈목적지〉로 향하지 않는다면 그 고집은 그야말로
〈무가치〉하다."

"…무슨 말을 하고 싶은 겁니까?"

"이것은 〈프로의 작업〉이 아니야."

로한은 〈이것〉이라고 하면서 바닥을 가리켰다. 아무렇게나
골랐음직한 타일을 바른 미끄러운 바닥. 디자인적 고집도 없
거니와 편리성을 추구하는 배려도 없다.

로한은 다시 말을 이었다.

"〈대칭의 미〉… 확실히 그런 것은 있겠지. 표현을 추구하는
자세도 훌륭하기는 해. 하지만 그에 연연하다 작업을 망치는
것은 애송이나 부릴 아집이 아닌가? 〈대칭〉이 무너지면 아름

답게 할 방법을 찾을 수 없다… 내게는 〈실력 부족〉을 둘러대는 변명으로밖에 들리지 않는걸."

"……뭘 좀 아는 척 말씀하시네요…"

"애초에 세계의 예술가나 디자이너들은 〈비대칭〉의 미를 많이 표현하지… 일찍이 서양 예술가들이 〈우키요에浮世繪*〉 같은 일본 미술에 감동한 것은 그 〈비대칭의 조화〉에 경탄했기 때문이야."

"〈비대칭의 조화〉아아아~~~?"

츠치야마는 코웃음을 쳤다. 표정을 보지 않더라도 상대를 바보 취급하는 말임을 알고도 남을 목소리로. 로한은 상관하지 않고 진실을 쏟아냈다.

"예를 들면 〈에드가 드가〉가 그랬지. 그가 그린 발레 회화는 〈비대칭〉 구도라서 더욱 아름다워… 〈비대칭〉은 끊임없이 변화하니까. 사실적으로 〈순간〉을 포착하기 때문에 그 깊이는 〈비대칭〉이 되고, 단 한순간의… 살아 있는 아름다움을 그릴 수 있는 거지."

츠치야마의 얼굴에서 이죽대는 표정이 사라졌다.

핏기와 함께. 표정과 혈색이 희박해진 그 얼굴은 대칭으로 성형한 탓에 더욱더, 마치 인형처럼 무기질적으로 보였다.

---

* 일본 에도시대에 서민 계층 사이에서 유행한 목판화. 주로 여인, 가부키 배우, 명소의 풍경 등 세속적인 주제를 담았다.

부들부들 떨면서 츠치야마는 입을 열었다.

"…살아 있는 아름다움… 촌스럽기 짝이 없네~ 그건 〈무너졌다〉고 해야 하지 않나요? 아름다움이란 〈영원하고 명확〉해야 마땅합니다."

대칭으로 정교하게 디자인된 츠치야마의 얼굴을 보고. 또한 기분이 상했음에도 대칭이 무너지지 않는 그 얼굴을 보고. 로한은 다시금 생각했다.

〈따분한 얼굴〉이라고.

"아니. 일본에도 〈뵤도인 호오도不等院 鳳凰堂*〉처럼 뛰어난 대칭미를 보여주는 건축물이 있지… 하지만 동시에 살아 있는 인간을 환대하기 위해 만들어진 〈묘키안妙喜庵**〉이나 〈죠안如庵***〉 같은 다실에는 뛰어난 비대칭의 미가 있어. 조화가 있고, 〈기능미〉에 따른 〈양식미〉가 있지. 〈도코노마床の間****〉를 좌우대칭으로 장식하는 경우가 있던가? 사무라이가 상투를 틀고 다니던 시대에 이미 〈실용성〉과 〈미〉를 모두 갖춘

---

* 교토 우지에 있는 헤이안 시대의 사원. 극락정토의 아름다움을 나타내며 중심에 있는 호오도의 지붕 양끝에는 대칭으로 마주보는 청동제 봉황이 있다.
** 교토에 있는 무로마치시대의 사원. 일본에서 가장 오래된 다실이라는 타이안待庵이 있다.
*** 오다 노부나가의 동생 오다 나가마스가 1618년 교토 켄닌지建仁寺에 건조한 다실. 현재는 아이치 현에 있다.
**** 일본식 객실의 상좌上座를 한층 높게 올린 곳. 벽에는 족자를 걸고 바닥에는 장식물이나 꽃을 둔다. 보통 비대칭의 멋을 추구하며 꾸민다.

선인이 살았는데, 자네는 이 시대를 사는 프로로서 돈을 받으면서도 〈무지와 오만〉을 전시하고 있을 뿐이 아닌가?"

큰 소리가 울렸다.

츠치야마가 양발로 바닥을 쾅쾅 차고 있었다. 양쪽에 똑같은 힘을 주고 양발을 동시에 굴렸기 때문에 그것은 제자리 뛰기로밖에 보이지 않는다. 근력을 균등하게 사용하려니 당연할지 모르지만 참 고지식하다고, 로한은 냉정히 그것을 바라본다.

"…당신이라면 〈이해해줄 거라〉고 생각했는데."

"〈이해받기〉를 포기한 시점에서 이미 프로는 아니지."

츠치야마의 얼굴에서 완전히 표정이 사라졌다.

표정에 변화가 없는 것은 〈기분좋은 사람〉의 반응이 아님을 로한은 알고 있다.

츠치야마는 잠시 새하얀 얼굴로 계단을 바라보고 있었다. 〈낸 돈이 아까워서 자리를 뜨지도 못하고 재미없는 영화를 보고 있는〉 듯한 눈이었다. 그 시선에서 어떤 가치관도 찾아낼 수 없는 눈.

그 눈으로 로한을 보며.

"비대칭 헤어스타일 주제에."

그렇게 중얼거리고, 츠치야마는 다시 걸어갔다.

"……"

본래 츠치야마가 비대칭을 바보 취급하는 자체가 울컥 화가 치밀 일이지만, 로한은 그 순간 아주 약간, 머리모양으로 놀림받으면 분노로 이성을 잃는 사람의 심정을 이해했다.

발걸음은 5층으로.

〈출입금지〉 표시판이 놓여 있었지만 츠치야마는 그것을 자연스럽게 무시했다. 로한도 그를 뒤따라 나아간다. 5층으로 올라가니 긴 복도가 있었다.

동서 양쪽 계단으로 올라오면 마주보듯 진로가 겹치는 복도.

그 복도 정중앙에, 양쪽으로 여닫는 큰 문이 있다. 다른 출입구 같은 것은 눈에 띄지 않는다.

즉 〈이 문이 5층에 있는 유일한 방의 입구〉인 것이다.

말하자면 〈변사 사건 현장은 여기〉라는 뜻이기도 하다.

그것을 츠치야마가 모를 리 없다. 그런데도 그는 정중히 문손잡이에 손을 대고⋯ 양손에 균등한 힘을 주어 〈양쪽 여닫이문〉을 연다.

대칭인 남자가 대칭인 몸짓으로 〈양 여닫이문〉을 연다. 너무나도 작위적인 상황이다보니 어딘가 현실감이 없다.

츠치야마는 말없이 그 방안으로 들어갔다.

잠시 망설였지만⋯ 애초에 로한의 호기심의 근원, 취재 목적은 〈이 장소〉다.

주저할 때가 아니다. 츠치야마를 따라 로한은 그 안에 발을 들여놓았다.

──── 그리고 로한은 딴 세상을 만났다.

"이것은…!"

그곳은 〈다목적 홀〉이었다.

중앙 정면에 〈무대〉가 있고, 그곳을 중심으로 부채꼴로 펼쳐지듯 좌석이 배치되어 있었다. 아마 강연이나 연구 발표 등에 사용하도록 설계된 홀일 것이다.

그 자체는 대학 교사에 있을 법하고 특별한 의문이 없다.

놀라운 것은 그 홀이 철저한 〈대칭의 방〉이라는 점이다.

전체의 구조는 물론.

조명 배치. 좌석 배치. 통로 배치. 환기구 배치. 음향 스피커 배치. 그것들이 모두 대칭으로 이루어져 있다는 점은 그리 신기할 것이 못 된다.

하지만, 그러면서도 교사의 인테리어처럼 무기질적이 아니다.

로한은 한순간 저도 모르게, 그 방의 광경에 마음을 빼앗겼다. 멍하니 실내를 바라보면서 곧바로 걸으며, 시야에 흘러가는 광경이 모두 대칭임에 경악했다. 홀 중앙까지 나아가는 동안 눈에 들어오는 모든 것이 완전한 대칭임을 실감했다.

높은 위치에 자리한 채광용 창문은 스테인드글라스처럼 여러 색의 유리로 되어 있다. 그곳으로 들어오는 외부의 빛마저 잘 정돈된 좌우대칭으로, 엷은 바둑판무늬의 바닥을 비추어 복잡한 음영을 그리면서도 역시 대칭이 무너지지 않는다.

벽지는 기하학적인 모양이 면밀하게 배치되어 있는데, 그것 역시 대칭. 가죽을 댄 좌석의 〈주름〉 모양이나 〈팽팽함〉의 정도. 바닥에 〈먼지〉가 내려앉은 모양. 홀을 지나는 〈공기의 흐름〉. 시간 경과로 자아내는 세부의 미묘한 〈열화〉에 이르기까지.

매크로에서 마이크로에 이르기까지.

그것은 츠치야마의 몸처럼 철저한 대칭이다.

완전한 〈대칭의 방〉이 그곳에 존재했다.

"이 방은——"

츠치야마의 목소리는 로한의 등뒤에서 울렸다.

무심코 뒤를 돌아본다. 어느새… 츠치야마는 홀 밖으로 나가 있었다. 열려 있는 입구에서 홀 안에 있는 로한을 바라본다. 좌우대칭인 츠치야마의 외양은 홀 안에서 보기에도 홀의 풍경과 조화를 이루고 있다.

"이 방만은… 제 이상을 추구했습니다. 일반적인 주택이나 규모가 작은 시설에서는 이만한 것을 표현할 공간이 없어서… 〈교사〉는 이 방을 감추는 〈투명 망토〉이며 〈외피〉에 불과합니다. 그 〈외피〉까지 대칭으로 만들지 못한 것은 괴로웠지만…"

"…무슨 말을 하는 거지?"

"이 〈홀〉은 저의 이상입니다. 일찍이 본 〈대칭 신전〉의 건축법을 한없이 완벽에 가깝게 살려 디자인한… 〈재현 신전〉이지요."

끼이 —— 하고 귀에 거슬리는 소리가 울렸다.

"백문이 불여일견. 말보다 증거. 대칭을 이해 못하는 사람에게는 확실하게 보여주는 것이 가장 빠르겠죠… 실력이 있는 자에게 그것은 지극히 스마트한 해결 방법입니다."

문이 닫히는 소리였다.

순간, 로한의 뇌리에는 요란한 경종이 울렸다.

"이봐, 기다려! 무슨 짓을 하려는 거지?"

"이 방에 계시면 알게 될 겁니다. 〈대칭의 미〉… 당신은 알아야 해요. 아티스트의 책무는 〈미〉라는 교리를 전도하는 것. 이 방은 그것을 위한 〈신전〉. …걱정하지 마세요. 〈밤이 되면 데리러 올 테니까〉."

닫혀가는 입구의 문을 향해 로한은 달렸다.

그러나 너무 늦었다. 〈양 여닫이문〉이 〈철컥〉 하며 닫히고,

곧이어 자물쇠를 잠그는 소리가 들렸다.

간혀버렸다. 자물쇠 소리가 그 사실을 알렸다.

"제길!"

로한은 문을 두드렸다.

탕탕, 하는 금속성 소리마저 홀 안에서 좌우 균등하게 퍼지며 악기처럼 울렸다. 문은 아주 견고했고, 홀 안쪽에서는 자물쇠를 건드릴 만한 여지가 일절 없었다.

〈완전한 대칭〉이 키시베 로한을 가둔 것이다.

"꼼짝도 않는군… 완전히 간혀버렸어! 그 남자는 처음부터 이걸 노렸나… 그렇다면 곤란한데. …아마 이곳은 〈살해 현장〉! 살해당한 학장도 이 방으로 유인된 거라면——"

초조해해도, 소란을 피워도 출입문은 열리지 않는다.

로한은 문손잡이에서 손을 떼고, 생각을 전환하기 위해 숨을 크게 쉬었다. 깊고 긴 숨을. 조바심은 나지만 사고회로를 중립 상태로 되돌리기 위해서다.

"밤이 되면 데리러 오겠다고? …그걸 어떻게 믿나. …처음부터 나를 죽일 생각이 아니었을까? …대칭주의에 반론을 제기했기 때문에."

이 상황은 〈위기〉다. 인식은 올바르게 가져야 한다.

로한은 다시금 다목적 홀 안을 둘러보았다.

역시. 얼른 보아도 입구 같은 것은 처음에 사용한 〈양 여닫이문〉뿐이다. 좌석 수는 제법 많은데도 입구는 단 하나. 역시 양식미를 추구하기 위해 기능성을 외면하고 있다.

그러나 이 홀에는 바깥의 빛이 비쳐든다.

로한은 창문을 올려다보았다. 천장과 가까운 정도의 높은 위치에 창이 늘어서 있다. …대단히 높다. 사다리 없이 올라가기는 무리일 성싶다.

"이거 상당히… 아주 골치 아픈 상황이군. 아직 바깥에서 빛이 들어오기는 하지만… 커튼 같은 것이 없어서 다행이야. 하지만 츠치야마는 불을 켜지 않았으니까. …밤이 되면 〈암흑〉이 된다. 꾸물거릴 틈이 없어."

로한은 편집자와 미팅을 마치고 여기 왔다.

〈가을 해는 두레박 떨어지듯 한다*〉.

아마 태양이 저물 때까지 시간은 얼마 남지 않았을 것이다.

남은 시간을 확인할 필요가 있다. 로한은 현재 시각을 확인하기 위해 왼팔의 손목시계를 보았다.

"…………?"

거기에 〈검은 손〉이 매달려 있었다.

"뭐야아아아————?!"

---

* '가을 해는 빨리 저문다'는 뜻의 일본 속담.

경악한다.

그것은 분명 〈인간의 손〉이 아니었다. 마치 그림자… 아니, 〈검은 손자국〉이 일어서서 달라붙어 있는 것처럼 얄팍한 손.

더구나 그것은 엄지와 새끼손가락의 구분이 없고 오른손인지 왼손인지도 분명하지 않은… 〈대칭의 손〉. 그 손이 로한의 왼손목을 꽉 움켜쥐고 손톱으로 할퀴기 시작했다.

"뭐야, 뭐야 이건! 어느새 다가온 거지?! 아니, 그보다도… 위험해! 나를 공격한다!"

로한은 얼른 자기 손으로 〈대칭의 손〉을 뿌리치려 했다.

하지만 아무래도 그 손에는 〈두께〉가 없는 듯하다. 때려도, 후려쳐도, 로한 본인의 팔이 아프고 손목시계가 망가질 뿐이었다.

"이, 이건… 내 쪽에서는 건드릴 수 없나? 이 〈검은 손〉은 일방적으로 나를 공격하고 있는데! …윽, 팔이…"

어마어마한 힘이었다.

"팔의 살점을 〈도려내고 있다〉!"

찌지직, 피가 튀며 로한의 팔이 깎여나간다. 예리한 칼날로 저미듯 피부가 찢어지고 모세혈관이 유린당한다. 그렇다고 당하고만 있을 수는 없었다.

"――〈헤븐즈 도어〉――!"

그것이 키시베 로한의 능력.

허공에 그린 〈소년의 상〉이 형상화되어 〈대칭의 손〉을
〈책〉으로 만든다. 능력은 〈상대를 책〉으로 만들어 〈움직임을
어느 정도 구속〉하고 〈명령을 적어넣는다〉… 〈대칭의 손〉이
가운뎃손가락 언저리에서 책처럼 양쪽으로 펼쳐져 바닥에
떨어지자, 로한은 공격에서 벗어날 수 있었다.

"…스탠드가 통해서 다행이다… 우선은 눈앞의 위기를 타
개하기는 했는데…"

로한은 재빨리 바닥에 쪼그려 앉아, 〈책〉으로 만든 〈대칭
의 손〉을 읽으려 했다.

그러나 깨닫지 않을 수 없었다.

위기를 타개하기에는 아직 멀었다는 것을.

"뭐지…? 〈이 글자〉는. …읽을 수가 없군."

넘기고. 넘기고. 페이지를 계속 넘긴다.

아무리 페이지를 넘겨도 나오는 것은 〈수수께끼의 글자〉.
로한의 능력으로도 그 〈손〉에서는 일절 정보를 알아낼 수 없
었다.

"처음 보는 글자로군… 모두 〈대칭 글자〉… …히라가나나
한자 가운데에 〈거울〉을 놓은 것 같아. …그러나 명령을 적
는 데에는 〈아무 문제 없다〉——"

로한은 펜을 꺼내 펼쳐진 〈대칭의 손〉의 페이지에 글자를
적어넣으려 했다. 우선 안전을 도모할 의미를 담아. 〈키시베

로한을 공격할 수 없다〉.

그렇게 〈키시(岸)〉라는 한자의 부수, 〈산山〉 부분을 쓴 직후.

──갑자기 공격이 재개되었다.

"아니?!"

〈책〉이 되어 있던 상태에서 순식간에 본래 모습을 회복한 〈대칭의 손〉은 펼쳐졌던 페이지를 모두 닫고, 로한이 들고 있는 펜을 공격하려 했다.

재빨리 펜을 든 오른손을 당기자 〈대칭의 손〉은 공중에서 궤도를 바꾸고, 다시 로한의 왼팔에 달라붙어 할퀴기 시작한다.

"으, ───우오오오오오오!! 이, 이놈… 〈헤븐즈 도어〉를 밀어낼 정도의 파워라니! 대체 뭐지… 으윽…?!"

손톱이 파고드는 고통에 얼굴을 찡그리며 로한은 왼팔을 크게 휘둘렀다. 아까보다 더욱 강한 힘… 명백히 〈파워 업〉한 것이다.

그러나… 로한은 그 공격을 받으면서도 순간 〈어떤 것〉을 깨달았다.

"이놈은… 나보다 내 팔에만 집요하게! 이놈이 노리는 것은!"

로한은 얼른 팔을 돌려 손목시계 벨트를 잡았다. 금속 벨트라서 가죽처럼 조일 필요가 없었던 것이 다행이었고, 한

손만 움직여도 찰칵, 하고 풀 수 있었다.

그 벨트에서 손목을 빼자… 〈대칭의 손〉은 손목시계만을 계속 공격하며 구겨버리듯 부수기 시작한다.

공격을 벗어난 로한은 아직 핏방울이 떨어지는 상처를 다른 손으로 누르며 공격당하는 손목시계를 바라보고 있었다.

"…역시 처음 〈공격 대상〉은 시계였어! 내 팔에서 손목시계를 벗겨내려 한 거야… 하지만 왜지? 왜 손목시계만 노리고…?"

그 의문을 해결하는 것이 로한에게 급선무였다.

갇혀 있는 상황 속에서, 같은 공간에, 정체 모를 적의를 품은 존재가 있다. 더구나 그것은 〈헤븐즈 도어〉도 아랑곳하지 않는 힘을 가졌다.

"〈규칙〉이 있을 거야. …이 힘은 분명 예사로운 것이 아니다. 평범한 인간은 할 수 없는 공격. 법칙이… 〈규칙〉이 있다. 〈규칙〉을 이해하지 않으면 이길 수 없어! 그러지 않으면… 나는 분명 〈변사 사건〉의 당사자가 된다!"

로한은 생각한다. 이 공격은 단순하지 않다.

명백한 파워 증대. 불가사의한 공격 대상… 인간의 의사에 따라 이성적으로 행하는 느낌은 아니다. 손목시계에 집착하는 움직임을 보였다는 것은 〈대칭의 손〉이 단순한 살의가 아닌 〈일정 기준〉… 〈규칙〉에 따라 공격을 한다는 뜻이다.

이것은 자동으로 일어나는 〈현상〉.

일정한 〈규칙〉에 따라, 어떤 법칙 아래에서 움직이기 때문에 가능한 파워.

"〈대칭〉이다! 생각을 해! 이놈은 〈대칭의 손〉… 두께 같은 것은 없고. 위에서 보아 좌우대칭일 뿐인 도형… 아마 그것이 〈키워드〉다."

로한은 떠올린다.

이 공간은 츠치야마 쇼헤이가 〈이상을 추구한〉 방. 츠치야마의 〈대칭주의〉는 대칭을 절대 명제로 두고, 나머지는 일절 가치 없음을 주장하는 배타적인 사상이다.

"…나는 손목시계를 〈왼손목〉에 차고 있었다! 츠치야마는 양손목에! 아니, 손목시계만이 아니지… 그는 복장에서 액세서리, 머리모양에 이르기까지 모든 면에서 대칭! 이 방에서는 그런 모습이 〈대칭주의에 대한 경의〉라면…"

문득 고개를 든 로한의 시야에 그 깨달음에 대한 답이라 할 수 있는 광경이 들어왔다.

손목시계는 완전히 파괴되어 있었다.

숫자판의 숫자 하나 읽을 수 없을 만큼 철저히, 산산조각으로 해체되어서.

그 부품이 좌석과 좌석 사이의 통로 중앙. 방 전체에 〈대칭〉이 되도록 널려 있었다.

"이것은 〈자정작용〉이다! 이 방의 완벽한 대칭을 지키는! 공격이 재개되어 파워가 올라간 것은 내가 〈대칭이 아닌 글자〉를 사용했기 때문에… 모든 〈비대칭〉에 반응해서… 그렇다면… 위험해! 〈아직 공격은 끝나지 않았다〉!!"

〈정답〉이라는 말을 대신하듯.

〈대칭의 손〉은 다시 바닥을 기어 로한에게 다가오고 있었다.

〈기어서 다가온다〉는 표현은 옳았다. 속도는 그리 빠르지 않지만 확실하게. 뱀이 지면을 미끄러지는 듯한 느낌으로 로한에게 창끝을 겨누고 있다.

"〈드레스코드〉다…"

그러나 로한의 추리는 그동안에도 진행되고 있었다.

"그 장소에 어울리는 옷차림… 〈고급 레스토랑〉에서 노타이 입장을 거부하는 것처럼 규정에 따른 차림새… 이 공간에서 나는 대칭이 아니니까… 애초에 〈한쪽 손목에만 시계를 차고 있어서〉 공격당한 거야…! 그리고 지금은!"

로한은 자기 복장을 확인했다.

긴소매 재킷… 이탈리아—토스카나 지방—를 여행할 때도 입었던, 따뜻하고 편안하며… 단추가 달려 있다. 〈왼쪽〉으로 여미게 되어 있는 구조로.

"제길… 마음에 드는 옷인데!"

180

로한은 얼마 전 산속 별장지를 취재하던 때를 떠올렸다.

찾아온 사람에게 〈매너를 지키도록 하는〉 산. 목숨을 농락하며 잔혹한 시련을 주는 곳이기는 했지만 그것은 〈신의 시련〉이었다. 〈경의〉를 시험하고, 인간의 교만에 노하는 곳. 이곳은 다르다. 이곳이 가하는 위협은 〈단순한 교만〉에서 오는 것일 뿐이다.

로한은 망설일 틈 없이, 단추를 투두둑 잡아뜯듯 재킷 앞섶을 열어젖혔다. 공중으로 날아간 단추가 딱, 딱, 하고 높은 소리를 내며 바닥에 떨어져 튄다.

"이걸로는 아직 모자라… 〈단춧구멍〉을 재현해야 한다!"

로한은 손에 든 펜을 이용해 억지로 재킷에 구멍을 뚫기 시작했다. 남은 시간이 얼마 없다. 아무렇게나 찢어야! …하지만 고급 옷감으로 만든 재킷은 질기다. 좀처럼 쉽지 않다.

"벗어버리는 수밖에 없나! …앗."

로한은 상황이 악화됐음을 깨달았다.

〈대칭의 손〉은… 마치 눈이라도 달린 것처럼. 아니, 진동을 감지하는 듯하기도 한데… 좌우간 확실하게 인식하며… 〈바닥에 떨어진 단추를 보고 있는〉 듯했다.

뭔가 구역질나는 것이라도 발견한 양. 반들반들하게 닦은 바닥에 가래침을 뱉는 남자를 목격한 듯 혐오감이 배어나오는 기척.

그리고 —— 〈대칭의 손〉은 단추가 아닌 로한 쪽을 향했다.

"…복장, 만이 아닌가…? 이놈은 〈이 공간의 대칭을 무너뜨리는〉 행위 자체를 공격한다! 단추를 아무데나 날린 것이 잘못이었나…! 내가 이 방의 미관을 해쳤다고 판단한 거야!"

로한은 〈대칭의 손〉이 덤벼들기 전에, 바닥에 떨어진 단추를 주우려고 달려갔다. 단추는 네 개… 바닥에 두더라도, 아마 대칭으로 배치해야만 할 것이다.

하나, 둘, 주워 모은다. 셋… 네 개째가 안 보인다.

바닥을 기듯 좌석 아래를 뒤진다. 밖에서 들어오는 빛만으로는 너무 어두워서 좀처럼 단추를 찾기 어렵다. 그러는 동안에도 로한을 향해 〈대칭의 손〉은 다가온다.

로한은 얼른 스마트폰을 꺼내 카메라용 백라이트로 좌석 밑을 비췄다. 반짝 빛나는 작은 물체가 보인다.

필사적으로 손을 뻗어 그것을 주우려 한다. 아슬아슬하게 닿을 듯 말 듯, 닿지 않는다. 〈대칭의 손〉은 이미 로한의 배 언저리까지 다가와 있었다.

문득 로한은 〈변사 사체〉의 상태를 떠올렸다.

손목시계가 이곳의 규칙을 어긴 〈벌〉이라는 듯 무참히 파괴된 후, 잔해는 〈대칭〉으로 널려 있었다. …그러면 인간은 어떻게 될까?

—— 〈전갱이 포처럼 벌어진 시체〉 ——

그 정보로 상상할 수 있는 광경이, 척추에 얼음물이 지나가는 듯한 오한과 함께 로한에게 확신을 주었다. 어떻게 해서 그런 시체가 만들어졌는지. 로한은 눈앞에 그리듯이 상상할 수 있었다.

손을 뻗는다. 좌석 밑으로, 더 뻗어지지 않는 손을 마구잡이로.

"헉… 헉… 허억…!"

무리한 자세로 손을 뻗으려 해서인지, 바닥에 압박된 가슴이 호흡을 저해한다. 숨을 헐떡일 때마다 먼지가 섞인 공기만 한껏 들이마시고 만다.

고통이 엄습했다.

"으윽!"

베이는 듯 날카로운 고통. 가슴께다. 살점과 함께 로한의 재킷이 찢어지는 소리가 들린다.

단숨에 파괴하려는 것이 아니다. 마치 항의라도 하듯.

서서히, 몸을 〈중심선부터 열어가는 듯한 고통〉.

"우오오오오오오오오——————!"

우두둑, 하는 꺼림칙한 감각. 어깨 관절이 상했으려나.

로한은 팔이 떨어져라 뻗어서 간신히 단추를 주울 수 있었다. 하지만 아직 끝이 아니다. 로한은 〈출혈로 바닥을 더럽혔〉으니까.

튕겨나가듯이 반대쪽으로 달린다. 방 전체로 보아 대칭이 되도록 핏자국을 만들어야 한다. 로한은 자기가 바닥에 뿌려놓은 핏자국의 모양을 기억하고 있었다.

"하는 수밖에 없다! 나 자신의 손으로!"

로한은 손가락 끝으로 가슴의 상처를 찔러, 후벼팠다. 비명을 지를 정도의 고통이 지나갔다. 하지만 그만둘 수는 없다. 〈잉크〉처럼 자기 피를 사용해, 자기가 피를 흘린 바닥과 〈정반대〉가 되도록 순식간에 〈바닥에 핏자국을 그린다〉.

로한이 아니면 누구도 하지 못할 일이었으리라. 바닥 전체에, 로한의 피가 좌우대칭으로 무늬를 그렸다.

그러자 〈대칭의 손〉의 공격이 둔해졌다.

이 기회를 놓칠 수는 없다. 로한은 그동안 네 개의 단추를 〈좌우 균등하게〉 배치하며 바닥에 놓았다. 공격이 재개되기 전에 펜으로 재빨리 재킷을 찢어 단춧구멍을 만들었다. 불룩한 호주머니에서 스마트폰을 꺼내고 바지 벨트를 풀어, 그런 것들은 모두 바닥 중심선에 늘어놓는다. 그리고 마무리로-너무나 분하기는 하지만-비대칭으로 세팅한 앞머리를 마구 헝클어뜨린 다음, 피를 포마드 삼아 좌우를 똑같이 나누었다.

하지만 아직도 모자라다. 〈대칭의 손〉은 사라지지 않는다. 생각할 수 있는 원인은 하나.

하는 수 없다──

"――으, 아, 아아아!"

로한은 처음에 입은 〈왼팔의 상처〉를 모델 삼아, 자기 오른팔을 펜으로 찌른다. 그리고 완전히 대칭이 되도록 상처를 만들었다.

〈대칭의 손〉은 로한에게서 떨어져 천천히 바닥으로 내려갔다. 그리고 방 한가운데… 놀랍게도… 완전히 좌우로 균등하게 생긴 그림자 속으로 사라졌다.

"…공격은, 그쳤다…"

크나큰 한숨을 쉬고 로한은 그 자리에 주저앉았다.

완벽한 〈대칭의 방〉… 교만한 미관. 〈완성된 디자인〉이 만들어내는 〈보호력〉의 공격을 받았다… 그렇게 해석했다.

가슴께를 내려다보니 셔츠를 뚫고, 살이 벌어지듯 찢어져 있었다. 어마어마하게 힘센 괴물이 맨손으로 〈개구리 해부놀이〉를 하려 들면 이런 상처가 생길지도 모르겠다.

"…무서운 방이야… 일절 관용이라는 것이 없군. 상대에게 〈대칭을 존중〉할 것을 강요하며, 그러지 않으면 죽이는… 〈신전〉… 〈신자〉 외에는 받아들이지 않는다…"

거칠어진 호흡을 가다듬으며 로한은 실내를 둘러보았다.

바깥에서 비치는 빛이 자주색으로 물들어간다. 기울기 시작한 가을 해는 예사롭지 않은 속도로 어둠 속에 모습을 감추어갈 것이다.

로한에게는 〈초조감〉이 있었다. 하지만 그 이상으로 〈분노〉가 치밀기 시작했다.

"…자기가 믿는 〈아름다움〉… 그래, 그건 좋아. 하지만… 그걸 공감하지 않는 사람에게 〈교정〉이냐 〈죽음〉이냐를 강요하는 이 방은 틀렸다… 그 남자는 역시 프로가 아니다. 건축가로서도 예술가로서도. 〈자랑할 만한 작업〉보다 〈맹신의 표현〉을 내세우고 있어."

호흡이 돌아오자 로한은 일어섰다.

홀 안을 걷기 시작한다. 진행 방향은 무대 쪽.

"밤에 데리러 온다고? …농담하지 마. 탈출하고 말겠어. …이 방이 하는 〈미의 강요〉에 굴복하지 않겠다."

로한은 홀 안을, 무대를 향해 곧장 걸었다.

저녁이 되면서 어둠이 번져간다. 그러나… 어둠에 가려져 있던 것이, 가까이 다가가니 서서히 떠올랐다.

무대 옆에 설치된 두 개의 통로.

"…어느 정도 규모의 인원을 수용하는 홀이니까. 아무리 이곳이 〈신전〉이라 해도 현대 건축물로 지어졌다면… 역시 있군. 〈비상구〉다."

좌석 수로 보아 화재 같은 것이 발생했을 때 대피할 수 있는 문이 하나뿐이라면 건축 허가를 받기 어려웠을 것이다. 한눈에 알아보기 힘든 구석진 곳에, 디자인을 해치지 않도록 〈비상구〉를 설치했음은 충분히 예상할 수 있었다.

비상구의 문은 견고할까. 그래도 기성 제품이 아닌 것을 사용하지는 않았을 것이다. 급박한 상황에 대피하기 위한 문이 쉽게 열리지 않는다면 의미가 없다… 만약 잠겨 있다 해도 입구보다는 조금 더 열어볼 방도가 있을 것이다.

로한은 마주보아 오른쪽 통로로 나아갔다. 이 부근은 신전의 미관을 비교적 덜 고려한 듯하다. 안전 바가 있고, 벽도 바닥도 수수한 자재를 사용했다.

통로 끝에는 역시 문이 있었다. 평상시에 사용할 것을 가정하지 않은 밋밋한 문. 시험해볼 가치는 있을 듯하지만——

로한은 문손잡이를 잡아보고 눈을 크게 떴다.

"…잠겨 있지 않아?"

가능성은 생각했지만 너무나 어이없다. 로한은 천천히 힘을 주어 문을 열기 시작했다. 바깥에서 들어오는 빛이 어두컴컴한 비상 통로에 비치고——

순간, 다시 〈대칭의 손〉이 나타났다.

"제길!"

로한은 황급히 문을 닫았다.

〈너무나 어이없었〉기 때문에 함정일 가능성도 고려는 했다… 하지만 그 예상은 최악의 형태로 들어맞고 말았다. 〈대칭의 손〉은 문을 닫자 사라졌지만… 도저히 안심할 상태는 아니었다.

"이 문은 못쓰겠군… 방 양쪽에 존재하니까 〈한쪽을 열면 대칭이 무너진다〉! 양쪽 비상구를 동시에 열지 않으면… 〈혼자서는 이 비상구를 사용할 수 없다〉!"

더구나 그것은 단지 〈비상구를 사용할 수 없다〉는 것 이상의, 더한층 심각한 사실을 의미했다. 한쪽 비상구를 열었을 때 〈대칭의 손〉이 공격한다는 조건이 만들어진다면, 동시에 나타나는 문제점이 있다.

그것은━━━

"…즉, 그런 것인가…? 이 방에서는… 〈방 한가운데가 아니면 탈출할 수 없다〉. 이 비상구나… 채광창… 좌우에 배치된 것들… 〈어느 한쪽을 사용했을 때 대칭이 무너지는〉 것은 아무것도 쓸 수 없다. …그렇게 해석하면…"

그것은 매우 강력한 제한이었다.

결국 이 홀에서 사용 가능한 탈출구는 중앙에 설치된 최초의 출입구, 〈양 여닫이문〉밖에 존재하지 않는다는 사실.

그리고 그 문은 여전히 굳게 잠겨 있다.

말 그대로 사면초가.

그래서 츠치야마는 그 〈양 여닫이문〉만을 잠근 것이다. 어차피 다른 출입구를 발견한다 해도 〈원리적으로 사용할 수 없다〉는 것을 알기 때문에. 밤까지 기다렸다가 츠치야마가 〈양 여닫이문〉을 열어주는 것 외에 탈출구는 존재하지 않는다. 기다리는 것밖에 다른 수단은 존재하지 않는다.

아니, 그뿐 아니라… 섣불리 이 방의 대칭구조를 무너뜨리는 행위를 하면 그 시점에서 공격 대상이 된다. 마음대로 홀 안을 조사하는 것조차 불가능하다는 뜻이다.

"…제길… 위험하군. 너무 위험해. 상상 이상으로…"

로한은 홀 중앙에 자리를 잡고, 걷는 것을 그만두었다. 섣불리 피 같은 것을 떨어뜨려 홀 바닥을 더럽히면 그 시점에서 공격받고 말 테니까. 걷는 것조차 위험했다.

생각을 해야 한다. 차분하게 사고를 정리해서 출구에 도달해야 한다.

"……아니?"

그러나 상황은 아무래도 그것조차 허락하지 않을 모양이다.

〈대칭의 손〉이 출현한 것이다.

움직임은 빠르지 않지만 슬금슬금, 로한 쪽으로 다가오고 있다.

"…뭐지? 나는 〈아무것도 하지 않고〉… 〈여기 있을 뿐〉인데! 이 방안의 대칭을 무너뜨리는 짓은 아무것도 하지 않았어! 심지어 옷까지 대칭으로 만들었는데!"

로한은 자기 모습을 확인하기 위해 옷을 만지고, 가운데에서 나눈 앞머리를 정돈했다.

그리고 무서운 사실을 깨달았다.

손바닥에 닿은 얼굴 감촉으로 이해했다. 눈, 코, 입술… 그리고 몸의 윤곽. 아니, 애초에 손가락이나 피부의 사마귀 등을.

인간의 몸은 보통… 〈비대칭일 수밖에 없다〉.

"츠치야마는… 자기 몸을 〈대칭으로 성형〉했지… 그건 미적 감각이라기보다 〈알고 있었기〉 때문인가? 〈그대로는 공격당한다〉고… 자기 몸을 철저히 대칭으로 만든 것은… 〈안전하게 이 홀의 미관을 즐기기〉 위해서가 아닐까?

아마 그것이 정답.

이 방이 철저하게 〈대칭〉을 추구한 결과… 〈로한이 타고난 외양 자체가 이 방의 규칙에 위배된다〉고 판단하기 시작했다…는 뜻이다.

그러니 애초부터 〈밤까지 기다린다는 것은 불가능〉했던 것이다.

"〈시간제한〉이 있다! 인간이 웬만해서는 자기를 〈완전한 대칭〉으로 만든다는 것은 애초에 불가능해! 〈이교도〉는 죽인다는 전제가 깔린 방… 역시 탈출해야 해! 어딘가 이 방에서 나갈 수 있는 곳을 찾아야 한다!"

로한은 출입구, 〈양 여닫이문〉 쪽으로 달렸다.

밑져야 본전이라는 듯 문을 두드린다. 탕탕, 하고 무기질적인 소리가 울리지만 문은 삐걱거리지도 않는다. 마치 〈핵 셸터〉처럼 튼튼하고, 절대 이 방에서 내보내주지 않겠다는 의지가 느껴진다.

"제길! 여기밖에 없잖아! 여기뿐이라고! 방의 〈중심선상〉에 존재하는 출입구는 여기뿐이야! 〈물리적으로 유일〉한!!"

그러나 무지비할 정도로 그 행위는 소용이 없었다.

로한의 〈헤븐즈 도어〉의 파워로는 문을 부술 수도 없다. 물론 인간의 완력으로 어떻게 할 수 있는 것이 아니었다.

뭣보다 힘으로 어설프게 파괴했다가는 그 시점에서 〈대칭의 손〉의 공격만 가속될 것이 분명하다. 자물쇠를 부수는 것조차도 섣불리 시도할 수 없다.

꼼짝달싹할 수 없었다. 이 방안에서 일어나는 모든 일이 불공평한 〈규칙〉을 바탕으로 움직인다. 처음부터 승산 없는 〈규칙〉 안에서 로한은 싸워야만 했다.

그것은 〈절망〉이라 부르기에 어울리는 상황.

슬금슬금, 타임 리밋과 함께 〈대칭의 손〉이 다가온다.

"모든 것이 완전한 대칭… 이 공간을 무너뜨릴 틈은 없다… 이 방의 〈규칙〉은… 철벽인가…"

로한은 포기만은 결코 하지 않았다.

필사적으로 홀 안을 둘러보고 사고를 움직이며 탈출 방법을 찾으려 했다. 그러나 생각하고 생각해도 자문자답한 가능성은 하나씩 사라져간다.

출입구의 〈양 여닫이문〉은 불가능.

높은 곳에 있는 〈채광창〉은… 방 좌우로 나뉘어 있다. 불가능.

〈비상구〉 아무리 해도 대칭을 무너뜨리지 않고는 쓸 수 없다. 불가능.

〈벽〉을 파괴한다… 그런 파괴력을 만들 수단이 없다. 불가능.

천장 환기구… 이것 역시 좌우로 나뉘어 있다. 불가능.

바늘구멍 하나 낼 수 없는 〈완전한 대칭〉.

벽이 대칭.

천장이 대칭.

출입문이 대칭.

좌석이 대칭.

발소리의 반향도 대칭.

비쳐드는 빛도 대칭.

홀 안에 생기는 그림자도 대칭.

공기의 흐름마저도 대칭…………

"……"

로한은 고개를 들어 천장을 본다.

"…〈공기의 흐름마저도 대칭〉…이라고?"

실내의 전등은 켜지지 않는다. 차단기를 내렸으리라. 동시에 에어컨이나 환풍기 같은 공기 조절 장치가 움직이는 기척도 없다.

그러나 이 실내가 밀폐된 공간이라는 느낌도 없다.

어째서일까——

에어컨용 구멍 외에 〈환기구〉가 있기 때문이다. 츠치야마는 이 공간을 〈기계적인 설비〉가 없어도 완전한 대칭이 되도록 설계했다. 창문에서 들어오는 빛처럼 공기의 흐름도. 그러니 환기구가 있을 것이다.

환기구가 있다, 그렇다는 것은——

"——덕트가 있다."

떠올리자마자 로한은 달려나갔다.

환기구는 방 좌우로 나뉘어 배치되어 있으며 중앙에 설치된 것은 없다. 당연히 환기구는 탈출용 출구로 쓸 수 없다. 그러나.

"…이 홀에는 쓸 수 없을망정 〈비상구〉가 존재했다… 〈완전한 미관〉을 추구한다면 애초에 만들고 싶지 않았을 텐데…"

그러나 실제로 〈비상구〉는 있다. 왜일까?

"그건 이 홀이 결국은 〈현대 건축물〉 안에 있기 때문이지!"

그렇다면 확실하게 〈그것〉이 있다. 홀 안에 환기구가 있고, 환기구와 연결된 덕트가 있다면. 〈그것〉은 어딘가에 있을 것이다.

모리오초는 〈눈이 내리는 지역〉이다. 덕트의 보온기능은 자주 관리해야 한다. 하물며 이 〈완벽한 공기의 흐름〉이 츠치야마가 추구하는 미의 일부라면 〈만에 하나라도 결로가 생겨서는 안 된다〉.

애초에 츠치야마는 왜 이 교사를 찾아왔을까?

그는 이 완벽한 〈대칭의 방〉을 직접 점검하지는 않았을까?

——눈이 내리는 계절이 오기 전에.

"내 예상이 맞다면… 그것은 홀 중심선을 따라 존재할 것이다. 다른 사람이 사용하기 위한 비상구와는 다른… 〈이 홀을 유지하는 데 필요한 것〉! 그리고 그것은, 아마 홀 전체의 미관을 해치지 않는 위치에!"

로한은 방 중앙을 가로질러 출입구와 반대 방향으로 달려… 〈무대〉로 뛰어올랐다. 그리고 확신을 갖고 천장을 올려다보았다.

홀에 들어가 자리에 앉으면 절대 보이지 않는 위치. 교회로 말하면 사제가 서 있는 곳. 무대의 천장, 조명이 늘어선 그늘에 숨어, 한가운데에.

"있다! …〈천장 점검구〉!"

과연 〈그것〉은 존재했다.

천장 위로 오르기 위한, 사람 하나가 통과할 수 있는 작은 문.

츠치야마 본인이 사용할 때도 문제없도록, 홀 좌우 어디에도 치우치지 않고 완전히 중심선을 따라 배치되어 있다.

"천장 위로 올라갈 수 있어! 들은 적이 있다! …천장 위에는 통로를 따로 설치하기도 한다고… 왜냐하면 〈천장 위에서 밟으면 천장재가 쉽게 부서지기〉 때문에. 그렇다면 천장 위에서 통로를 따라 복도로 나가면… 됐다! 〈나의 승리〉다!"

광명이 비쳤다.

홀 내부의 〈규칙〉을 무너뜨리지 않고 탈출할 수 있는 출구. 그것을 발견한 것이다. 완벽한 승리처럼 보였다. 어두컴컴한 천장에서 진짜 희망의 빛이 비치는 듯 보일 정도였다.

실제로 그것은 이 홀 안의 유일한 바늘구멍이었다.

단 하나 남은 승리 조건이었다.

"……"

그렇기에—— 츠치야마 쇼헤이가 그것을 예상 못했을 리

없다.

"……천장이… 〈너무 높다〉."

그렇다.

그 단 하나의 출구는… 로한이 보기에 몇 미터는 높은 위치에 존재했다.

설령 로한이 그 재빠른 손놀림을 이용해, 점프하면서 〈천장 점검구〉를 열 수 있다 해도… 애초에 〈인간이 도약해서 닿을 거리는 절대 아니다〉.

〈외부에서 사다리라도 가져오기 전에는 절대 닿지 않는다〉.

그것은 분명 츠치야마에게도 시설 유지에 필요하며 건축가로서 통탄할 점이었을지도 모른다. 단 하나, 탈출 가능성을 남기고 말았을지도 모른다.

하지만 이 공간에 갇힌 자에게는 비상구와 마찬가지로… 아슬아슬하게 희망을 보여줬다가 절망으로 떨어뜨리는 〈악취미적인 장치〉일 뿐이었다.

변사했다는 학장은 이 사실에까지 도달했을까.

비상구를 쓸 수 없다는 것을 알고 필사적으로 홀 안을 찾아다니다 천장 점검구를 발견했을까.

그리고… 그것이 곧 사라질 희망임을 알고 절망하며 죽어갔을까.

"──앗!"

기척을 느꼈다.

로한이 돌아보니… 바로 코앞까지 〈대칭의 손〉은 다가와 있었다. 〈이제 만족해?〉 〈이해가 됐어?〉 하고 묻기라도 하듯 그곳에 있었다.

확실하게 〈타임 리미트〉가 닥친 것이다.

겨우 발견한 마지막 희망을 앞에 두고.

그 희망이 절대 손에 닿지 않으리라는 사실과 함께 〈확실한 죽음의 기운〉이 눈앞에 있다.

지금까지보다 더욱 뚜렷한 형태로.

"…이놈이… 〈늘어나〉고 있는 건가? 팔이… 실내가 어두워질수록 점점…"

손을 응시했다.

그리고 깨달았다.

"…〈손〉만이 아니군."

그렇다. 〈대칭의 손〉은 〈손〉뿐 아니라, 이제 그 전신을 드러내고 있었다.

완전한 〈대칭의 양팔〉.

완전한 〈대칭의 양다리〉.

그것들이 달린 〈대칭의 사람 그림자〉가 느릿한 움직임으로 일어서고 있었다. 발소리 같은 것이 들리지는 않지만 〈차

닥차닥〉 하는 의성어가 느껴지는, 어딘가 섬뜩한 움직임으로
슬금슬금 로한에게 다가온다.

아니… 사람 그림자라는 표현은 부적절할지도 모른다.

왜냐하면 그 그림자에는… 좌우대칭으로 균등히 돋아난
〈뿔〉이 있었기 때문이다.

염소나 소 같은 머리. 그 모습에서 어떤 인상이 느껴졌다.

"…츠치야마는 이곳을 〈신전〉이라고 했는데…"

그건 아니지 않을까?

〈신전〉 같은 것은 아니지 않을까?

서양이든 동양이든… 인간의 종교는 인간을 긍정한다. 원
죄니 계율이니 하는 것에 얽매일지언정… 〈신은 자기 모습을
본떠 사람을 만들었다〉고 생각하게 마련이다.

많은 종교화에 그려진 구세주나 천사의 모습을 떠올려
본다.

"〈비대칭〉인 것을… 벌하는 신은 없을 거야. 이곳에 모시
는 존재가 〈신〉이라면… 인간의 조형, 〈디자인〉을 수정하려
들지는 않을 거다."

그러니까, 신전은 아니지 않을까?

츠치야마가 발견한 건물에서 모시던 것은 〈신〉 같은 것이
아니지 않았을까?

"이곳은…"

츠치야마가 재현한 것은… 〈복마전〉이 아닐까?

인간을 끌어들여 그 마음과 몸을 농락하고 강제로 복종시킨다.

가둬놓고 출구를 찾아 발버둥치는 모습을 구경하고 가지고 놀며 죽인다.

그것은 〈신〉이라기보다 신화에 등장하는 괴물이나 〈악마〉의 짓이라는 설명이 훨씬 와닿는다. 잠시 희망을 보여주지만 결코 구원해주지는 않는다.

"그래, 이제 알겠다… 그 상식을 벗어난 언행은 〈악마에 씐〉 거야. 츠치야마 그 자식… 완전히 홀렸군."

하지만 지금에 와서 그런 추리나 〈현상의 유래〉에 도달한들 직면한 현실이 달라지진 않는다. 로한이 놓인 상황은 변함이 없다.

〈대칭의 사람 그림자〉는 체크메이트를 알리기 위해 나타난 것이다.

──〈이 홀에서 탈출하는 것은 물리적으로 불가능하다〉.

그것이 절대적인 이 〈대칭의 방〉의 진실.

…하지만.

"──나 키시베 로한을 얕보지 마라."

그것은 어디까지나 이 방의 진실.

〈로한의 진실〉과는 다르다.

"이걸로 〈클리어〉다. 여전히, 변함없이… 닿으면 되지? 천장까지. 그러면 문제없어… 무엇 하나도. 카페에서 갑자기 사인을 요청받고 그 자리에서 응하는 것만큼——"

로한의 손이 공중에 〈소년의 상〉을 그린다.

키시베 로한의 능력—— 그 이름은 〈헤븐즈 도어〉.

"——〈일절 문제는 없다〉."

능력의 대상은 자기 자신.

로한의 몸은 책이 되어 좌우로 펼쳐졌다. 그 여백에 자기 자신에 대한 명령을 적어넣기 위해 펜을 움직인다.

"〈비대칭인 글자는 사용할 수 없다〉고 했지… 하지만 〈주어진 규칙 안에서 최대한 목적을 표현하는〉 것은 만화가라면 당연하다. 하물며… 나는 프로니까."

로한의 몸 중심선을 따라 페이지에 글자가 새겨진다.

글자… 그러나 한자나 히라가나가 아니다.

〈숫자〉다.

—— 〈1011001110110100110011011100110010101111100 01001100110111011110〉——

200

선과 원만으로 구성된 완전한 대칭.

1과 0의 나열.

"〈Shift JIS*〉… 가타카나를 〈기계어〉로 변환했다. 반각문자 단문이라면 여백은 충분하고… 1과 0의 나열로 변환해서 써넣을 수 있지… 그나저나 역시 발로 뛰는 취재는 좋아. 〈직접 체험한 지식〉은 살아 숨쉬면서 〈표현을 돕는 무기〉가 되니까."

로한의 몸이 중력을 거스르기 시작한다.

로한 자신에게 적힌 새로운 명령에 따라.

"그리고 미술관 때도 그랬지만… 내 몸에 써보니 새삼 무서운 능력이라니까, 〈헤븐즈 도어〉는… 물리 법칙도 무시하고 명령한 대로 〈위로 날아간다〉."

로한은 〈규칙〉을 어기지 않았다. 〈대칭의 사람 그림자〉에게 심판받지 않는다.

지면이 멀어져간다. 주위 풍경이 한순간에 멀어지고 로한의 몸은 천장을 향해 곧장 튀어올랐다.

그 한순간이면 충분했다.

한순간에 천장 점검구를 여는 것 정도는 키시베 로한에게 식은 죽 먹기.

---

* 아스키와 마이크로소프트가 공동으로 만든 일본어 문자 인코딩법.

그것이 진실이니까.

츠치야마는 콧노래를 부르고 있었다.

흡사 크리스마스 선물을 풀어보는 어린아이처럼 설레는 마음. 마치 춤추고 싶은 것을 참는 듯한 신이 난 발걸음으로 5층을 향해 계단을 오르고 있었다.

홀에 가둔 로한을 약속대로 데리러 온 것이다.

"아, 그러고 보니 그 사람 이름을 안 물어봤네… 아깝게 됐을지도 모르겠는걸. 그래도 알 게 뭐야～ 살았으면 그때 물어봐도 되고, 죽었으면 어차피 알 필요 없으니까."

로한이 살아 있다면, 그것은 〈대칭에 물들었다〉는 뜻이라고 츠치야마는 생각했다.

죽지 않고 대칭의 방에 머물렀다면 일찍이 〈신전〉에서 자기가 체험했듯 〈완전한 미〉의 훌륭함을 깨달을 것이라고.

만약 죽었다면 유감이지만… 그때는 조용히 자리를 뜨면 된다.

〈학장〉처럼. 방이 멋대로 심판을 한 결과일 뿐이니까, 츠치야마는 자신이 용의자나 참고인이 될 걱정을 추호도 하지 않았다.

대칭의 아름다움에 물들었을까.

죽었을까.

그 두 가지 가능성밖에 생각하지 않았다.

그래서——

"—— 왔군, 약속대로."

"어?"

〈키시베 로한이 살아서 탈출했을 가능성〉은 꿈에도 생각 못하고 있었다.

츠치야마 앞에 나타난 로한은 만신창이였다.

그 꼴을 보고 츠치야마는 로한이 홀 안에 있었다는 것만 은 확신했다. 그러나.

"…당신이 어떻게 〈홀에서 나온〉 겁니까? …말도 안 돼. 그 홀은 완벽해… 〈그 신전〉의 미관을 완벽하게 재현하고, 출입 구는 밖에서 잠갔는데. 밖으로 나올 수 있을 리가——"

"자기소개를 안 했지. 나는 키시베 로한… 만화가다."

의문에 일절 대답하지 않는 로한에게 츠치야마는 당황했 다. 그러나 이내 평정을 되찾았다.

로한이 〈살아 있다〉는 것은 〈대칭의 미〉에 순종했기 때문이라고 생각했다. 탈출이야 어떻게 했건, 〈이해자〉가 되어줄 거라고.

"만화가… 분야는 다르지만… 〈같은 표현자〉니까 이해하셨겠죠? 그 방의 아름다움을! 그 빼어난 미를 누구든 이해해주었으면 하는 마음을! 그렇게 뛰어난 것이 있는데도 인정하지 않는 자에 대한 분노를… 〈공유〉해주시는 거군요오오오~!"

"〈같은〉 게 아니야."

로한은 강하게 단언했다.

"나는 독자에게 〈읽히기 위해〉 만화를 그리지."

"저… 저도 똑같아요! 〈보여주기 위해〉 건물을 만든다고요!"

"이봐 이봐 이봐, 국어공부 안 했나? 억지로 〈읽게 한다〉는 뜻이 아니야. 자기 미의식을 이해하라고 요구하며 〈숭배받기 위해〉서도 아니고."

"…저, 저도 그렇습니다… 명성을 바라는 건 아니에요. 그저 〈미〉를 알게 하려고…"

"너와는 달라. 나는 〈프로〉를 말하는 거다."

조용하지만 강한 부정이었다.

로한의 말에 담긴 모멸이 츠치야마를 찔렀다. 그것은 어떤 칼날보다도 날카롭게 츠치야마를 파고들었다.

"다… 다르긴 뭐가 달라~~! 하나도 다를 것 없어! 나도 〈프로〉라고! 자부심을 갖고 있어! 내가 너하고 뭐가 다른데! 너도 독자에게 자기 작품을 들이밀고 싶잖아! 뭐가 대단히 잘났다고 선을 긋고 있어! 머저리 같은 게!"

"아니야. 〈읽힌다〉는 것은 억지로 읽으라고 들이대거나… 사람을 감금하고 〈재미있어요〉 하는 평을 강요하는 것이 아니다."

말을 이으며… 로한의 손이 천천히 올라간다.

담담하게, 그러나 확실한 분노와 결별을 담아.

"〈정말 재미있는 만화를 그리는〉 것뿐이다. 철저하게 취재하고, 진지하게 마주하며, 정해진 페이지 안에서… 주어진 조건 속에서. 그렇게 하면 잡지에 실리고 〈읽힐 수 있어〉."

검지를 뻗어 츠치야마를 향해.

척! 하고 가리킨다.

"분명히… 물었지? 내가 〈어떻게 홀에서 나왔는지〉… 신기하게 생각했지?"

"…그, 그래! 쓸 수 있는 출구 같은 건 없었을 텐데! 탈출하는 건 불가능해! 그 방에서 나오려면 단 하나, 출입문을——"

"〈문〉은 하나만이 아니다."

뻗은 손가락을 로한은 재빠르게 움직였다. 신기에 가깝다고 해도 좋을 속도로.

공중에 떠오르는 소년의 상.

"――내 능력은 〈헤븐즈 도어〉."

그 순간, 츠치야마의 의식은 끊어졌다.

머리끝에서 발끝까지 깔끔한 대칭. 〈좌우로 펼쳐진 책〉이 되어 그 자리에 쓰러졌다. 로한은 펜을 한손에 들고 츠치야마 옆에 쪼그려 앉았다.

페이지를 넘기며 읽어 내린다.

아무런 흥미도 동하지 않는다.

"…역시 이 녀석 자신의 능력은 전혀 아니군, 그 방은… 시시한 경험밖에 없는걸. 빌려온 힘과 미학으로 잘도 으스댔군 그래."

로한은 페이지 여백을 발견하자 한 줄을 적어넣었다.

"타인에게 그렇게 규칙을 강요했으니… 이번에는 본인이 제한 속에 살아보시지."

"그럼 선생님, 다음 45페이지 단편은 느낌으로 부탁드립니다——"

"연말진행이므로 마감은 이달 말까지라… 한가하겠군."

겨울이라 해도 좋을 추위가 찾아왔다.

젊은 편집자 카라사와와의 미팅도 이제 몇 번쯤 된다. 젊은 사람이라 흡수도 빠른지, 만남을 거듭하면서 점차 대화도 원활해져갔다.

다만 오늘은 카페 안에서도 특히 난방이 잘 되는 자리를 마련한 것이 탈이었다.

추운 바깥에서 막 들어왔을 때는 좋았지만 오래 있다보니 이번에는 너무 더워서, 하여간 중간이 없다고 로한은 생각했다. 땀이 나서 견딜 수가 없다.

이제 그만 카페를 나가고 싶지만, 역시 어딘가 타이밍을 잡는 센스가 없어서인지 카라사와는 잡담을 꺼내기 시작했다.

다만—— 그것은 로한도 전혀 관심없는 이야기는 아니었다.

"그러고 보니 선생님. 지난번에 대학에 다녀오셨잖아요? 취재인가 뭔가… 그거랑 상관이 있는 듯… 없는 듯한 얘긴데요—— 거기가 왜, 유명한 건축가가 설계했다고 하잖아요…

천재 건축가라고 떠들던 것 같은데. 〈츠치야마 쇼헤이〉."

"아… 그런 것 같군."

"그 천재 건축가가 체포됐다나봐요. 〈슬럼프〉가 너무 심해서 본인이 설계하고 건축중인 건물에 방화를 했다나."

"흐음——"

"왜, 이런 〈기행〉을 저지르는 천재… 같은 뉴스라니, 꼭 만화 같지 않습니까? 선생님의 영감에 도움이 됐으면 해서——"

"〈대칭이 아름다워 보이지 않게 된〉 것만으로… 어차피 그 정도밖에 안 되는 녀석이라는 건가."

"…대칭요?"

"그런데 말이야~ 이제 그만 나가지. 아무리 그래도 너무 덥군, 여기는."

경비로 올릴 수 있으므로 계산은 카라사와에게 맡기고 로한은 카페 밖으로 나갔다.

살을 에는 듯한 바람. 칙칙한 색으로 물든 구름이 태양을 가리고 있다.

피부에 차가운 뭔가가 닿아, 비인가—— 하고 로한은 미간을 찌푸리며 하늘을 올려다본다.

바람의 흐름을 타고 한 송이.

하얀 눈이 로한의 손바닥에 사뿐히 내려앉았다.

"……흠."

아득한 하늘 위에서 태어난 눈의 결정. 자연이 만들어낸 완전한 대칭.

거기에는 미를 강요하는 오만이 느껴지지 않는다.

바람을 타고 중력을 따라, 손바닥에 내려앉으면 녹아서 사라질 뿐.

그저 아름답게 생겨나 그곳에 존재했을 뿐이다.

낙원의 이삭

요시가미 료

1

런치 코스의 식전 메뉴로 나온 것은 둥글고 앙증맞은 빵이었다. 갓 구워서 구수한 냄새가 테이블 가득 퍼진다.

모리오초에 최근 오픈한 캐주얼 프렌치 레스토랑이었다.

개점 이후 늘 예약이 꽉 차서 좀처럼 자리를 잡기 어려운 인기 맛집인데 새 작품을 의뢰하고 싶다는 편집자가 런치 시간에 룸을 잡아주었다.

얼굴을 보고 인사하는 프레젠테이션 단계에서 이 정도까지 한다니 상당한 의욕이 느껴진다. 마침 작업에 여유도 있기 때문에 우선 나— 키시베 로한은 이야기를 듣기로 했다. 딱히 유명한 맛집이라서 가보고 싶었던 것은 아니다.

"아, 여긴 도쿄에 있을 때 자주 다녔거든요. 로한 선생님께

도 꼭 소개하고 싶어서 말입니다."

맞은편 자리에 앉은 덩치 큰 남자가 기쁜 듯 빵을 물어뜯는다. 이미 세 개나 먹은 상태인데. 어쩌나 맛있게 먹는지 나도 그만 두 개째를 먹으려 하다가 자제했다. 요리가 나오기도 전에 배가 부르면 모처럼의 런치를 즐길 수 없다.

남자의 이름은 우츠로기 토시야移季年野. 요리 전문잡지 출판사에 근무하고 있다. 서른한 살. 이혼남. 한 시대 전의 록가수나 아이돌 같은 이름이지만 본인은 술통처럼 통통한 거구다. 살이 투실투실한 얼굴은 보기만 해도 숨이 막히지만 웃음이 끊이지 않는 표정이 묘하게 귀염성 있다. 소매 속으로는 진하고 수북한 체모가 엿보였고, 숱 많고 북슬북슬한 머리카락 속에서 커다란 귀가 쫑긋 튀어나온 모습은 어쩐지 소가 인간 분장을 한 것 같았다.

"…일단 오늘은 이야기만 들을 생각으로 왔으니까. 런치타임 한 시간만이야. 그 시간이 지나면 나는 돌아가겠어."

"네~ 아, 그래도 이번 일은 로한 선생님께 딱일 거라고 생각합니다."

"정말 대단한 자신감이군… —그런데 미리 묻겠는데, 그 아이는 누구지?"

그의 옆에 앉은 어린아이를 흘깃 본다. 이제 다섯 살 남짓 된 여자아이다. 몹시 여위었고, 컬이 강한 고수머리 때문에 머리가 꽤나 커 보인다.

"제 딸 요우₩입니다. 남자 혼자 키우다보니 제가 언제나 함께 있지 않으면 안 되거든요. 아, 그래도 워낙 얌전해서 편집부에서도 귀여워하는 아이니 걱정 마세요."

요우는 아버지의 재촉을 받아 꾸벅 머리를 숙일 뿐, 이쪽을 보려 하지도 않고 얼른 아버지의 퉁퉁한 옆구리에 찰싹 붙어 끌어안았다. 낯을 많이 가리는 듯하다.

"흐음… 뭐, 떠들지만 않으면 나야 상관없지만…"

나는 아이들을 싫어하지는 않지만 좋아하지도 않는다. 어린애는 영문 모를 일을 영문 모를 이유로 느닷없이 벌이기 때문이다.

전채가 나왔다. 모리오초에서 잡은 신선한 생선과 이 지역의 노지 채소를 재료로 한 차가운 전채. 탐스럽게 담아낸 모양에 향기로운 허브와 비니거의 산미가 식욕을 돋운다.

"으음～ 맛있네요～!!"

우츠로기는 한 입 먹을 때마다 탄성을 연발하며, 해부라도 하듯 세밀하게 요리 내부를 확인하고 딸의 개인접시에 요리를 옮겨준다. 묘하게 꼼꼼하다고 할지, 과보호 같은 느낌이다. 그것을 요우가 조심스레 입에 가져가는데, 한 입 먹고는 접시를 도로 아버지에게 밀어버린다.

나도 전채에 손을 대며 이야기를 꺼낸다.

"…그래서, 이제 그만 일 이야기를 듣고 싶은데."

"아, 그렇죠 참~!"

먹는 데에 완전히 열중했던 우츠로기가 퍼뜩 고개를 든다.

"로한 선생님께 의뢰하고 싶은 건 말입니다. 사실 저희 잡지에서 인기작가와 컬래버레이션으로 미식 만화를 매달 싣기로 했거든요. 그 중요한 첫 화를 꼭 선생님께 부탁드리고 싶어서—"

"미식 만화…?"

멈칫, 나는 포크와 나이프를 움직이던 손을 멈췄다.

"일단 묻겠는데, 자네는 내 만화를 읽어본 적이 있나?"

"네네, 물론이죠! 데뷔작 때부터 팬인걸요!"

"그렇다면 솔직히, 내 작품이 미식 만화에는 안 어울린다고 생각하지 않아?"

"네, 물론 그렇죠!"

"…이봐, 편집자라면 그럴 때는 '그렇지 않습니다, 선생님!' 하고 부정하는 법이야."

"아, 죄송합니다…"

우츠로기가 시무룩해서 몸을 웅크린다. 거구이면서 행동은 흡사 소동물 같다.

"그래도 로한 선생님이 전에 그리신 만화에 등장한 해외

브랜드 가방은 덕분에 대박을 쳤다고 하잖습니까. 선생님의 만화엔 그리는 대상의 매력을 전달하는 강력한 힘이 있다고 생각합니다!"

갑자기 내 두 손을 부여잡기라도 할 기세로 우츠로기가 몸을 내민다. 테이블이 덜컹, 크게 흔들렸다. 요리가 튀어 날아가지 않도록 테이블 가장자리를 꽉 눌렀다.

"…하지만 미식 만화는 너무 유행해서 사실 이제는 진부하지 않나?"

"하긴, 저도 이 장르는 꿰고 있으니까요. 그냥 맛있는 음식을 소개하기만 해서는 독자들이 만족 못한다는 것은 알고도 남습니다. 네네."

"본인이 말해놓고 끄덕이지 말라니까… ―하지만 그럴 정도면 뭔가 생각이 있는 모양이군."

넌지시 떠보았다. 여기서 아이디어를 내게 떠넘겨버린다면 자리를 박차고 돌아갈 생각이다.

"후후후… 들어보고 놀라지 마세요. 로한 선생님을 위해 〈낙원의 이삭〉을 취재할 수 있도록 준비를 해뒀습니다!"

우츠로기는 비장의 카드를 내보이듯 만면에 웃음을 띠었다.

"〈낙원의 이삭〉?"

들어본 적 없는 이름에 무심코 앵무새처럼 따라 했다.

"어… 모르시나요?"

우츠로기가 입을 떡 벌렸다. 당연히 알아야 할 것을 모르느냐는 듯한 반응에 욱하는 마음이 들었다. 오기로라도 알아내고 말아야지.

"아니, 전에 얼핏 들은 적은 있지만… 자, 그렇게 뜸들이지 말고 말해봐. 전문가인 자네라면 나보다 훨씬 잘 알겠지."

"어, 그렇게 말씀하시니 긴장되는데요~"

우츠로기가 입가에서 양손을 마주 비비며, 마치 수줍게 남자친구 이야기를 꺼내는 소녀처럼 머뭇거린다.

"그러니까 말이죠, 〈낙원의 이삭〉은 식품업계에서 전설로 내려오는 희귀한 밀 품종인데, 그걸 생산하는 마을에서 말입니다, 로한 선생님이라면… 하고 취재에 응해줬다 그 말입니다!"

"…이봐, 잠깐만. 〈낙원의 이삭〉이라는 게 밀 품종이라고?"

"당연하잖아요. 실제로 먹어본 사람은 아주 극소수인데, 그 사람들 모두 한결같이 절찬을 아끼지 않는 전설의 품종— 엇, 궁금하지 않으세요?"

"그렇게 말한들 어차피 밀이잖아? 썩 대단한 차이는 없을 텐데."

약간 흥미가 끌렸지만, 아무리 그래도 너무 시시하다. 더구나 이야기를 들어보면 무슨 사이비 사업가처럼 수상쩍지 않은가. 내 이름을 팔아 사업에 이용해먹는 것은 사양이다.

'역시 이 의뢰는 거절할까—'

열변을 토하는 우츠로기의 이야기를 끊으려 할 때 마침 메인 고기요리가 나왔다.

이 지역의 소고기를 재료로 만든 로스트. 감귤향이 나는 소스에도 모리오초에서 재배한 지역 특산 과일을 넣었다.

약간 생각을 고쳤다. 나온 요리를 남기는 것은 미안한 일이기도 하고. 아니다. 이걸 다 먹으면 위자료 조로 내 식사비는 계산한 다음 돌아가야지.

그렇게 생각하니 갑자기 이 맛있는 런치를 즐기고픈 기분이 들었다.

그런데 문득 시야 끄트머리에 요우가 비쳤다. 그 아이는 아버지가 덜어준 고기를 포크로 찔러 들어올리고는 의심스러운 눈으로 요리조리 살피더니 입으로 가져갔다. 마치 독이 들지 않았나 경계하는 태도다. 역시 한 입만 먹고 나머지는 아버지에게 다시 밀어놓는다.

"…이봐, 아까부터 마음에 걸렸는데 자네 아이 말이야. —그렇게 못마땅한 얼굴로 먹으면 앞에 있는 사람까지 입맛이 없어진다고."

"아, 그게…"

"딸을 귀여워하는 것은 좋지만 너무 오냐오냐 하는 것도 좋지는 않다고 생각하는데. 식사 자리에서 지켜야 할 매너라는 게 있지 않나."

조금 전과 딴판으로 입을 다물어버린 우츠로기가 조심스레 말을 꺼냈다.

"아, 아뇨, 사실 애는… 밀 알레르기가 있습니다. 저기, 요즘은 편의점이든 레스토랑이든 대부분의 음식에 밀가루가 들어가잖아요? 그래서 딸이 먹는 음식은 제가 반드시 체크를 해야 해서…"

그리고 곁들이기로 나온 채소를 잘라 딸의 접시에 옮긴다.

"자, 이건 먹을 수 있어. 맛을 한번 볼래?"

그리고 요리에 입을 댄 딸의 머리를 우츠로기가 상냥히 쓰다듬는다.

"딸 때문에 언짢으셨다면 죄송합니다. 일할 동안에는 얌전히 있는 아이니까, 너그럽게 봐주실 수 없을까요?"

"…그런 사정이 있다면 양해를 구할 것도 없지."

어쩐지 겸연쩍어져서 다시 요리를 입에 가져간다. 요리 맛은 훌륭했다.

"—그런데 말입니다."

우츠로기가 재빨리 고기를 비우고 접시에 남은 소스를 빵으로 훔친다.

"좀전에 말씀드린 마을 있잖습니까, 그곳 촌장이 사실은 대학 시절부터 제 친구거든요. 농업 계통 첨단기업에서 유전자 변형 작물을 연구했는데, 어느 날 갑자기 모든 커리어를 버리고 산속으로 이주해서 마을을 개척하기 시작한 겁니다."

문득 우츠로기가 꺼낸 이야기에 흥미가 동했다.

"…흐음, 왜 그런 일을 했지?"

"그게 〈낙원의 이삭〉 때문이래요. 일명 '세계 최고最古의 밀'— 어떻습니까? 성공이 보장된 엘리트 가도를 버릴 결단까지 하게 만든 전설의 밀이라는 느낌이 오지 않으세요?"

확실히, 좀더 이야기를 들어봐도 되겠다는 생각이 들었지만 여전히 수상한 인상은 가시지 않는다.

"그러면 왜 갑자기 취재에 응한 거지? 이야기를 들어보면 그 '세계 최고의 밀'이라는 데 상당히 집착하는 모양이고, 보통은 외부인을 불러들이기 싫어할 텐데."

그러자 우츠로기가 결의에 찬 표정으로 자세를 바로 했다.

"—사실 이번 취재는 그 친구한테서 '아이와 함께 와서 우리 밀을 먹어보지 않겠는가' 하고 연락을 받은 것이 계기였습니다. 그래서 로한 선생님 이야기를 하니 꼭 같이 와달라더군요."

"아니, 잠깐만. 아이와 함께 먹으러 오라니… 자네 딸은 밀 알레르기라면서."

"—네, 그래서 그런 겁니다."

우츠로기의 전에 없이 단호한 표정. 그것은 사나이의, 아버지의 얼굴이었다.

"로한 선생님. 사실은 친구가 말하지 말라고 했지만, 〈낙원의 이삭〉은 '먹은 사람의 체질을 극적으로 변질시키는 힘'이 있다고 합니다. 그게 있으면 딸의 밀 알레르기가 나을지도 모른다고— 그 친구가 제게 그렇게 말했어요."

"먹으면 밀 알레르기가 낫는 밀이라고…? 그건 모순인데, 보통은 말이 안 돼."

"말이 안 되더라도, 제 친구는 그럴 수 '있다'고 했습니다. 그게 '거짓'인지 '진실'인지는 확인해보기 전에는 절대 알 수 없죠. 그리고 저는 친구의 말이 진실이라고 믿으며 행동합니다. 알레르기를 고쳐서 딸에게 식사의 즐거움을 알게 해주고 싶어요."

단호한 각오였다. 그것이 우츠로기 토시야라는 남자를 음식에 몰두하게 하는 동기인 것이다.

'…그렇군.'

나는 우츠로기의 말을 곱씹었다. 세계 최고의 밀. 먹은 자를 극적으로 변질시키는 곡물. 밀 알레르기마저 고치는 밀이라는 모순된 존재——

"—재미있는걸. 그 〈낙원의 이삭〉에 관심이 생겼어. 취재를 하러 가지."

2

그 마을은 간토 지역 내의 어느 산 정상 바위땅에 있었다.

과거에 일어난 지각변동으로 암반 일부가 융기하여 지상과 격리된 바위땅이 생기고 독자적인 생태계가 형성되었다. 온대지역인 일본이면서 한랭한 기후이며 연간 강우량도 상당히 적어 건조한 지대. 그래서 사람이 사는 데에는 적합하지 않다.

실제로 〈낙원의 이삭〉 재배를 위해 개간될 때까지 사람 손을 타지 않은 땅이었기 때문에 도로가 정비되지 않아 차량을 이용할 수 없고, 마을로 가는 이동수단은 도보밖에 없다.

산자락에 있는 지방 철도 무인역에 하차하여 등산로를 어느 정도 나아간 후, 다시 마을 사람이 조성한 산길을 한나절 정도 올라야 겨우 마을에 당도할 수 있다.

그 등산 여정은 과거에 취재차 여러 차례 산을 탄 경험이 있는 나에게도 상당히 버거웠다. 산길이 정비되어 있어도 거의 산짐승이나 다니는 오솔길이고, 마을이 가까워짐에 따라 드러난 바위 위를 올라야 했다.

당연히 거구에 비만 체형인 우츠로기에게는 가혹했다. 자주 멈춰 쉬어야 했고, 하마터면 산속에서 해가 저물 뻔했다. 그런 아버지에 비해 딸 요우는 여윈 몸과는 달리 차분히 뒤를 따라왔다. 그리고 아버지가 지칠 때마다 내 소매를 끌어당겨 신호를 했다.

더 곤란한 것은 우츠로기가 쉴 때마다 상당량의 식량과 물을 먹어버려서 도중에는 내 몫까지 내줄 수밖에 없었고, 산정 부근에 다다랐을 땐 물도 식량도 다 떨어진 상태였다.

하지만 덕분에 알게 된 것도 있다. 우츠로기가 대식가인 것은, 그렇지 않으면 딸 요우가 필요한 양만큼의 식사를 하지 않기 때문이다. 요우가 한 번에 먹는 양은 극히 적었다. 딸에게 필요한 최소한의 칼로리를 반드시 섭취하도록 하려면 알레르기 유무를 감별하는 시식 담당이며 식사를 나눠주는 역할인 우츠로기가 먹는 양은 늘 수밖에 없는 것이다.

우츠로기 요우는 아버지가 입에 댄 것이 아니면 절대 먹지 않는다. 그 방식이 옳은지는 판단이 서지 않는다. 하지만 우츠로기 나름대로 딸을 깊이 사랑하는 것은 이해할 수 있다.

그러나 그들과 보조를 맞추다가는 마을에 도착하기 전에 해가 저물어버릴 것 또한 사실이었다. 마지막 산길은 험하지만 외길이었으므로 한발 먼저 마을로 향했다. 약간 숨이 차다. 공기도 지상에 비해 희박한 것이다.

그리고 간신히 산길을 다 올라, 탁 트인 곳으로 나온 순간.

지금까지 땅거미로 어둑어둑하던 시야가 갑자기 눈부신 빛에 감싸였다.

'이것은—'

그 밭의 밀은 키가 크고 뿌리를 단단히 내리고 있다. 고양이 수염만큼 긴 꽃술이 하늘을 향해 뻗어 있으며, 산의 서늘한 바람에 나부낄 때마다 그 몸에 받은 저녁나절의 햇빛을 확산시키며 반짝인다. 그 찬란함이 무수히 이어지며 빛나는 파도를 만들어간다.

밀밭은 말 그대로 황금의 바다였다. 수확을 앞둔 시기가 아니면 볼 수 없는 광경.

"…솔직히 몇 번을 그냥 돌아갈까 생각했지만, 이만하면 고생한 보람이 있군."

바로 카메라를 꺼내 자료용 사진을 찍기 시작한다.

그러는 동안 등뒤에서 발소리가 들렸다. 풀과 흙, 모래를 밟는 소리. 늦게 올라온 우츠로기 일행이 따라잡은 것일까. 생각보다 빠르다.

"이봐, 자네 덕분에 결과적으로 딱 좋은 타이밍에 올라온 것 같은데."

찰칵찰칵 셔터를 누르면서 말을 걸었다.

"—그거 다행입니다. 저 밀은 우리 마을의… 인간의 말로 하자면 신이니까요."

바위에 부는 바람처럼 냉랭한 남자의 목소리. 나는 셔터를 누르던 손을 멈추고 돌아보았다.

등뒤에 서 있던 것은 키가 큰 남자였다. 볕에 그을린 갈색 피부에 체크무늬 셔츠, 청바지에 튼튼한 작업화를 신고 있다. 안경만이 학자처럼 보이는 굵고 검은 뿔테였다.

"…당신은?"

"취재를 하러 오신다던 키시베 로한 선생님이시죠? 저희 마을에 잘 오셨습니다. 제 이름은—"

"쇼조!"

남자가 자기소개를 하려던 참에 우츠로기의 목소리가 들렸다. 마침 비탈을 다 올라온 참이다. 피로에 지쳐 있었을 텐데 의기양양하게 딸 요우를 무등까지 태워 달려온다. 그리고 태클하듯 덤벼드는 우츠로기의 거구를 쇼조라 불린 덩치 큰 남자가 턱 받아 안는다.

"오랜만이다. 토시야, 요우."

"정말 오랜만이다—"

그리고 몸을 떼자 두 사람은 굳게 악수를 했다. 그대로 춤이라도 출 듯 두 사람 사이에 기쁨이 넘쳐흘렀다. 낯을 가리는 요우도 작게나마 미소를 띠고 있다.

"보아하니 당신이 이 마을의 촌장인 모양이군."

"예."

덩치 큰 남자는 얼른 우츠로기에게서 손을 떼고 양손으로 내 손을 잡았다. 울퉁불퉁하고 단단한 피부 감촉.

"저는 야기누마 쇼조屋宜沼猩造라고 합니다. 이 〈낙원〉의 재배 관리를 맡고 있죠."

"〈낙원〉?"

그러자 야기누마는 싱긋 웃고, 황금으로 빛나는 밀밭을 바라본다.

"좀전에 보신 풍경으로 아셨겠죠? 이곳은 저희의, 밀의 낙원입니다."

비탈에 조성된 마을 주택지로 들어서자, 지대가 높은 밀밭은 더이상 보이지 않다.

열 채 정도 되는 가옥은 인기척이 있지만 불빛은 없어서 내부가 들여다보이지 않는다.

여기저기서 가축 울음소리가 들리지만 여기서 둘러봐도 축사 같은 것은 눈에 띄지 않았다. 좌우간 인기척이 드물고 기묘할 정도로 조용하며, 엄숙한 분위기가 지배하는 마을이었다.

우리는 마을에 있는 게스트하우스—이름은 그렇지만, 『아기돼지 삼형제』의 둘째 돼지가 지은 나무 오두막처럼 보잘것없는—에 짐을 두고, 야기누마의 안내를 받아 마을을 걸었다.

"…그나저나 용케 이런 곳에서 밀을 기르는군."

잔돌이 많이 섞인 땅은 아무리 좋게 말해도 비옥한 토지라고는 할 수 없다.

"키시베 선생님은 변경邊境 기원설에 대해 아십니까?"

"아니."

"농경의 기원은 비옥한 초승달 지대가 아닌 오히려 변두리, 수렵만으로는 식량 공급이 불안정한 곳에서 사는 사람들이 안정적으로 식량을 얻기 위해 시작되었다― 라는 설입니다."

"그런 땅에서는 애초에 밀도 안 자라지 않나?"

"그렇습니다. 하지만 본래는 생육이 불가능할 만큼 춥고 험난한 지역에 자생하며 번식한 초고대종이 존재했죠."

"―그것이 〈낙원의 이삭〉이었다고?"

"네, 오랜 옛날 바위틈의 흙에서 약간의 양분을 얻고, 대부분 말라죽어가는 가운데 강한 생명력을 가진 밀만이 번식에 성공하여 〈낙원의 이삭〉이 된 겁니다."

"그게 이 마을에서는 상당한 규모로 자라는 모양이군."

"이 밀밭은 인간들… 아니, 마을 사람들의 헌신적인 돌봄이 맺은 결실입니다. 지금은 서른 명 정도의 인간과 가축이 살고 있지요."

"그런 것치고는 집마다 등불 하나 안 보이는걸."

"저희 마을의 모토입니다. 최대한 초고대 밀이 살던 시대와 비슷한 생활을 한다. 이 마을에는 전기도 안 들어오고, 가스나 수도도 없습니다. 모두 자급자족하죠."

"…그럼 어떻게 밀밭을 조성했지?"

"물론 모두 인간의 손으로 해냈습니다. 이 일대의 땅은 농기계로도 일굴 수 없어서 저희가 돌을 줍고 잡초를 뽑고, 흙을 일궈 밀이 자랄 수 있는 환경을 제로에서부터 만든 거죠."

"이봐 이봐 이봐, 이걸 모두 해냈다니, 진짜야?"

어이가 없었다. 솔직히 질릴 정도다.

"당신들은 어지간히 〈낙원의 이삭〉에 매료된 모양이군."

"오히려 이것이 인간과 작물 본연의 모습이라고 할 수 있죠."

약간 비아냥을 섞어 말해봤지만 전혀 끄떡없다. 그 나름대로 상당한 신념이었다.

"─지금부터 약 1만 년 전에 일어난 농경혁명은 밀과 인간의 공생을 결정했습니다. 그것은 인류의 선택만은 아니었죠. 밀에게도 인류와의 만남은 자신들의 번식에 유리하다는 점에서 운명적이었습니다. 뛰어난 지능을 갖고 집단행동에 능한 인류와 조우함으로써 밀을 비롯한 벼과 식물은 안정된 생육과 유전자 확산을 대규모로 행할 수 있게 된 것입니다."

"마치 당신 자신이 밀이라도 된 것처럼 말하는군."

"밀은 인류의 도움으로 번식하고, 인류 역시 밀의 도움으로 번식했습니다. 그것만은 틀림없어요."

그리고 야기누마가 겉모습이 다른 두 대의 밀이삭을 꺼내

높이 들었다.

햇불의 불빛에 비친 밀이삭은 짙은 음영 속에서 모습을 드러낸다. 낟알이 빽빽이 늘어선 현행 품종과 달리 〈낙원의 이삭〉은 낟알이 가늘고 길며 수도 적다. 외피도 상당히 두꺼웠다.

"전 세계에서 재배되는 현행 보통밀과 모양이 다르죠? 이것이 재배종과 야생종의 차이입니다. 저는 어떤 목적을 위해 기존 유전계통에 속하지 않는, 완전히 새로운 품종을 만들어내려고 유전자 개량 실험을 거듭한 결과 이 초고대종에 이르렀습니다. 원시사회에서 생육하던 밀의 원종 중 하나, 그것이 〈낙원의 이삭〉이었죠."

"그걸 당신은 현대에 되살렸다는 말인가."

"불행히도 한 번은 역사의 뒤안길로 사라졌지요. 하지만 그런 과오는 두 번 다시 일어나지 않을 겁니다. 언젠가 인간은 모두 〈낙원의 이삭〉을 재배하게 될 겁니다."

조용한 어조였지만 배어나오는 열광이 느껴졌다.

야기누마는 〈낙원의 이삭〉에 대해 단지 식량으로 밀을 기르는 것 이상의 감정을 갖고 있는 듯했다. 그것은 신앙이라 할 수 있을 정도다.

"그런데 〈낙원의 이삭〉은 먹은 인간의 체질을 바꾸는 힘이 있다고 들었는데… 그게 진짜인가?"

바로 핵심을 찔렀다. 왜냐하면 내 관심사는 그 한 가지였기 때문이다.

"…네, 그건 틀림없습니다. 나중에 키시베 선생님도 드시고 시험해보면 되겠죠."

다소 무례한 질문이었지만 야기누마는 동요하지 않고 빙그레 웃으며 대답했다.

"그게, 구체적으로 어떻게 바뀌지?"

"한마디로 말하기는 어렵습니다. 사람마다 달라서요."

"흐음." 야기누마를 물끄러미 응시하며 일부러 도발하듯 말했다. "보아하니 당신은 아무 변화도 없는 것 같은데."

"그런가요?" 야기누마는 우츠로기를 보았다. "어때, 토시야. 내가 변했어?"

"외모는 많이 변한 느낌이 들지만… 아, 로한 선생님. 옛날의 쇼조는 어느 모로 봐도 학자풍에 호리호리한 미소년이었거든요."

"그렇게까지 자세히 설명하지 않아도 되는데… ―아무튼 좋아, 그럼 야기누마 씨. 나도 〈낙원의 이삭〉을 먹으면 당신 같은 근육질이 될 수 있을까?"

"어떻게 변화할지는 키시베 선생님에게 달려 있다고 말할 수밖에 없군요. 하지만 적어도 먹은 다음에는 확실히 당신다운 당신이 되어 있을 거라 단언합니다."

"자신감이 대단하군. 그 말을 기억해두지."

"사실을 사실대로 말하는 것뿐이니까요."

그리고 우리는 울창한 덤불을 헤치고 마을로 더욱 깊이 들어갔다.

"유감스럽게도 밀 베기는 이미 끝났지만 제분은 아직 하는 중입니다."

야기누마는 통나무를 쪼개 만든 다리를 건넜다. 마을을 둘로 나누듯 흐르는 용수로가 있다. 물은 차고 맑았으며 수량이 상당하고 깊이가 있다.

목재를 짜서 만든 오두막이 비탈에 서 있다.

그곳에는 갓 제분한 밀에서 풍기는 구수하고도 풍부한 향이 넘치고 있었다.

들어가보니 중심부 언저리의 바닥이 입구 부근에 비해 한 단 높게 되어 있다. 그곳에 거대한 원통형 돌을 포갠 맷돌이 설치되어 있다. 위의 돌에는 굵은 나무막대기가 여러 개 꽂혀 있어서, 옆에서 보면 거대한 바퀴 같은 형태를 하고 있다.

후, 흠, 호— 하는 호흡과 함께 허리가 잔뜩 굽은 남자들이 막대를 잡고 혼신의 힘으로 밀자 서서히 맷돌이 돌아간다.

오두막 상부에는 목재를 가로질러 놓았는데, 거기에 솜씨 좋게 웅크려 앉은 젊은 여자(역시 허리가 꽤 굽어 있다)가 옆구리에 낀 소쿠리에서 금색으로 빛나는 밀알을 떠내, 아래에 있는 맷돌로 솔솔 뿌린다. 맷돌의 뚫린 구멍으로 들어간 밀알은 으드득 소리와 함께 찧어져, 가루가 되어 돌 틈에서 밖으로 나온다. 맷돌 주변에 떨어져 쌓인 갈색을 띤 전립분 全粒紛*을 또다른 여자들이 떠서 나무 섬유로 짠 주머니에 담아 모은다.

그 광경에 우츠로기가 고개를 연신 끄덕였다. 잘은 모르지만 상당히 감동한 듯하다.

"맷돌을 돌리는 속도를 너무 높이면 낟알이 타버리기 때문에 느리고 일정한 속도를 유지하기 위해 인력으로 돌리는 거죠?"

우츠로기는 붙임성 좋게 말을 걸었지만 마을 사람들은 작업에 몰두해서 대답 하나 돌아오지 않는다. 시무룩해서 돌아온 우츠로기의 북슬북슬한 머리를 요우가 토닥여준다.

"눈길 한번 주지 않는군. 완고한 장인정신이라고 할지…"

"모두 일에 열심이거든요. 이곳의 밀을 먹고 적재적소, 모두가 가장 도움이 될 수 있는 곳에서 제 몫을 합니다. 저희는 밀을 기르는 것이 아니라 밀을 기르도록 소명을 받은 것이지요."

야기누마가 감격에 겨운 듯 중얼거렸다.

---

* 밀기울, 씨눈, 배아 등이 모두 포함된 밀가루.

"이건 거의 숭배인걸. 마치 밀이 신이라는 것 같아."

"예. 밀이 신이라면 경작은 예배입니다. 그 결실을 가공하는 제분은 신을 받아들이기 위한 풍요의 의식이라고 할 수 있죠."

"장인정신이 극에 달하면 진짜 신앙이 되는군."

그리고 야기누마가 〈낙원의 이삭〉을 찧은 가루를 손으로 뜬다. 손가락 사이로 흘러 떨어지는 가루는 사금처럼 빛나 보였다.

"―그런데, 이걸 드셔보고 싶지 않으십니까?"

물론 우리는 끄덕였다.

3

돌을 쌓아 흙을 바른 화덕 내부는 고온으로 새빨갛게 달아오르고, 대량의 넙적한 빵이 빈틈없이 그 안에 놓여 있다. 발효종을 쓰지 않고 갓 찧은 전립분과 소금, 그리고 물로만 빚은 반죽은 구워도 그다지 부풀지 않는다. 빵은 두텁고 탄탄해 보였으며 표면에는 돌을 갈아 만든 나이프로 세밀한 문양을 새겨놓았다.

다 구워진 빵을 야기누마가 차례로 화덕에서 꺼내 바구니로 던진다. 상당한 중노동으로 야기누마의 얼굴은 땀으로 범

벽이 되어 있다.

"촌장이면서 직접 빵을 굽는군."

"아뇨, 사실 빵을 굽는 것은 원래 공동체의 중심인물이 하는 일이라서요."

"흐흠, 그런가?"

"예. 빵을 굽는 일은 본디 마을의 제빵 기술자가 하는 일이니까요. 그래서 옛날에는 제빵 기술자에게 시집가는 것이 여성에게는 인생의 행복을 의미했다고 합니다. 아무튼 빵을 굽는 사람은 그야말로 공동체의 중심이거든요."

우리는 제분소에서 마을로 돌아와 야기누마의 집에 있었다. 빵을 굽는 화덕을 중심으로 꾸민 실내는 좁고 답답했으며 화덕에서 나오는 열기 때문에 상당히 덥다.

밖은 밤이 되자 기온이 상당히 낮아졌다. 계절은 초여름이건만 한겨울을 방불케 하는 추위였다. 작업을 마친 주민들은 마을에 있는 집으로 저마다 돌아갔다. 그 보잘것없는 초가집으로는 추위를 견디기 힘들 것 같지만 야기누마는 그들의 방한 대책은 문제없다고 한다.

이 가혹한 환경에 밀만이 아니라 인간도 적응했다는 뜻일까. 어쩌면, 먹으면 체질이 변한다는 말은 이런 적응을 가리키는 것일지도 모른다.

"좋아, 다 됐다."

야기누마가 그 굵은 팔로 대량의 빵이 든 바구니를 들어, 널따란 테이블 위에 턱 하고 놓았다. 구수한 냄새가 물씬 풍긴다. 빵은 딱 알맞게 구워져 있었다.

"나중에 마을 사람들에게 나눠줘야 하니 전부는 어렵지만, 오늘은 특별입니다. 마음껏 드세요."

그리고 우리는 저녁 밥상에 둘러앉았다. 테이블에 놓인 것은 바구니에 가득한 갓 구운 빵과 나무를 깎아 만든 컵에 담은 물뿐이다. 참으로 검소하다고 할지, 초라한 식사다. 하지만 배가 고파서인지 엄청난 진수성찬이 차려져 있는 듯 보인다.

"밀과 인류의 행복한 만남과 우리의 새로운 만남에 감사하며—"

야기누마의 선창으로 건배를 했다. 물은 맑고 시원해서 칼칼한 목을 알맞게 적셔주었다.

얼른 빵에 손을 내민다. 발효종을 사용하지 않는 원시적인 빵은 손으로 찢기에도 제법 힘이 든다. 입에 넣은 빵조각을 우물우물 씹는다. 밀로 만든 고기를 먹는 듯한 감각. 점차 구강에 타액이 스며나오고 이윽고 입안에서 부드럽게 풀어진 빵을 삼킨다. 꿀꺽, 하자 참으로 무게 있는 양감이 뱃속으로 떨어져내려간다.

"이건— 솔직히, 어차피 밀은 다 거기서 거기라고… 지금까지 마음속으로 생각했는데, 이건 전혀 다르군. 음식물이라는 존재감이 지금까지 먹어본 어떤 빵보다 강하고, 그러니까—"

나는 두 입째 빵을 입으로 가져간다.

"맛있어!"

무심코 그렇게 외치지 않을 수 없었다. 두 입, 세 입, 점점 손을 멈출 수 없어진다.

〈낙원의 이삭〉을 먹어본 자들이 그 맛을 찬양하는 것도 수긍할 만했다. 이 빵은 먹기만 해도 더없이 만족스러운 감각을 주는 것이다.

"밭의 흙과 산의 물, 그리고 매서운 바람의 정수가 응축된 〈낙원의 이삭〉은 인간에게 길이 든 현재의 밀 품종과 비교도 안 될 만큼 영양이 풍부하고, 강한 생명력을 갖고 있습니다."

야기누마가 빙그레 웃음을 띤다.

"여러분은 지금 몸속에, 밀이라는 종이 가진 본연의 생명력 자체를 받아들인 것입니다. 이것이 진짜 밀이죠. 인간이 재배해야 할 진짜 풍요를 가져오는 작물입니다."

야기누마의 말투가 더한층 열기를 띠어갔다. 그만큼 자신이 있는 것이다.

"이건 지금까지 먹어본 모든 빵 중에서 틀림없이 첫손에 꼽히겠군. 뭐라고 할까, 이 맛을 다른 사람들에게도 알려주고 싶다는 생각이 부글부글 끓어오르는걸."

신기한 감정이었다. 맛있는 것을 먹고 감동한 적은 있어도, 그 감동을 누군가에게 알리고 싶다는 욕구가 이 정도로 샘솟는 일은 없었다. 나는 반드시 〈낙원의 이삭〉의 훌륭함을 널리 알려야 한다는—아니, 그렇게까지 할 필요는 없지만—어떤 무거운 사명감 같은 것이 싹트고 있었다.

"좀전에는 사람을 무시하는 것이 좀 불쾌했는데, 이만한 것을 만들어내기 위한 거라면 그 무뚝뚝함마저 경의를 표할 만해. 극한까지 갈고닦은 정성이란 바로 이런 것이군."

"고맙습니다. 하지만 이 밀이 정말 굉장한 것은 금방 탈곡해서 그대로 끓여먹었을 때죠. 내일이면 갓 수확한 밀을 맛보실 수 있을 겁니다."

"—오늘은 안 되고?"

이미 배가 두둑할 만큼 먹었는데도 다시 식욕이 솟아난다.

"네, 내일이어야 합니다. 수확 타이밍이 엄격하게 정해져 있어서요."

"아니 이봐. 나도 한가한 사람은 아니라고. 여기 올 때까지 하루가 꼬박 걸렸는데, 또 하룻밤을 자야 하잖나."

무작정 기다리라는 말이나 마찬가지여서 울컥 화가 치밀었다. 지금 농담해? 더 달라니까. 스스로도 신기할 만큼 〈낙원의 이삭)의 포로가 되어 있었다.

"그게 규정이니 이해해주십시오. 키시베 선생님의 말씀을 빌리면 '경의'를 표하는 것입니다. 여기서는 초고대 밀이 무엇보다 우선이니까요."

"뭐라고…!"

억지로라도 먹고 말겠다며 따지려 할 때, 덜컹, 하는 큰 소리와 함께 테이블이 심하게 흔들렸다. 우츠로기가 바구니에 든 빵에 손을 뻗고 있었다. 그의 배는 터무니없이 부풀어 있다. 거대한 풍선처럼 빵빵해진 배가 테이블에 부딪힌 것이다.

"으, 으으으…윽!"

신음소리를 내며 우츠로기가 양손에 든 빵에 덤벼든다. 오로지 빵에만 몰두하며 게걸스럽게 물어뜯는다. 어느새 바구니 안이 비어간다. 이미 한손으로 꼽을 정도밖에 남은 것이 없다. 그 무지막지한 식탐에 나도 냉정을 되찾는다.

"이, 이봐, 아무리 그래도 너무 먹는 것 아닌가…?"

우츠로기는 눈 깜박할 사이에 빵을 먹어치우고는 다시 바구니로 손을 뻗는다. 빵 하나가 어린아이 얼굴 크기만큼은 되는데. 그러나 우츠로기의 손은 멈출 줄 모른다.

"야기누마 씨, 이 빵은 마을 사람들에게도 줘야 한다지 않았나?"

"상관없습니다. 처음 먹으면 대개는 저렇게 되거든요. 저장

해둔 분량도 있고, 내일은 수확도 하니까요."

그렇게 말한 순간이었다. 우츠로기의 손이 딱 멈췄다. 그리고 격심하게 구역질을 하는가 싶더니, 양볼이 다람쥐처럼 갑자기 부풀었다. 한꺼번에 너무 먹은 분량을 게워내려는 것이다.

"시간제 뷔페에서 본전 뽑으려는 것도 아니고, 천천히 먹었어야지."

"괜찮습니다. 저것은 소의 되새김질 같은 거라서요."

실제로 야기누마의 말처럼 우츠로기는 황소마냥 우물우물 턱을 움직여 천천히 씹고, 다시 빵을 삼켰다.

그리고 빵을 다 먹은 우츠로기는, "이야~ 정말 근사해!" 하고 커다랗게 부푼 배를 쓰다듬었다.

"확실히 이건 지금까지 먹어본 밀과 전혀 다르네. ─이만하면 우리 요우도 먹을 수 있을지 모르겠어."

나는 우츠로기 옆에서 물만 홀짝거리는 요우를 보았다. 그녀 앞에도 빵이 놓여 있지만 손을 댄 낌새는 없다. 요우는 제 아버지가 입에 댄 것이 아니면 절대 먹지 않는다. 게다가 여기 있는 것은 그녀에게 위험하기 그지없는 밀가루 덩어리가 아닌가.

"…이봐, 밀 알레르기가 있는 아이가 이걸 먹어도 괜찮을까?"

"밀 알레르기?" 문득 야기누마의 얼굴에서 표정이 훅하고 사라졌다. "이건 인간이 재배해서 먹을 수 있는 최고의 곡물입니다. 어떻게 이걸 못 먹는 인간이 세상에 존재할 수 있죠?"

"⋯이봐, 지금 무슨 소릴 하는 거야?" 빵을 먹고 꿈을 꾸는 기분에 젖어 있던 머리가 갑자기 냉정을 되찾았다. "⋯당신은 저기 있는 아이의 밀 알레르기를 고쳐주기 위해 저들을 마을에 초대하지 않았나⋯?"

대체 어떻게 된 일일까. 방금 야기누마의 그 말은 우츠로기가 한 이야기와 전혀 달랐다.

"알레르기 치료⋯ 전혀 다른 초고대종⋯ 토시야의 딸⋯ 그래ㅡ"

야기누마의 시선이 테이블에 놓인 빵과 요우 사이를 오간다.

"이, 이봐, 정말 우리 애가 먹어도 괜찮은 거지⋯?"

우츠로기가 확인을 바라듯 야기누마에게 말했다. 진위가 확실하지 않다지만 딸의 알레르기 치료를 위해 친구에게 큰 기대를 걸고 있었기에 당연했다.

"ㅡ안 돼. 이애한테만은⋯ 먹일 수 없어⋯"

야기누마가 갑자기 밀어내는 듯한 태도로 선언했다.

"그럴 수가⋯ 얘기가 다르잖아!"

"아무튼 안 돼. 안 되는 건 안 돼… 절대 안 돼, 안 돼…"

야기누마는 잠꼬대하듯 중얼거릴 뿐이다.

"야, 허튼소리 하지 말고! 응? 똑바로 말을 해줘…!"

우츠로기가 비명을 질렀다. 야기누마에게 덤벼들 듯한 기세였다.

그러자 가만히 고개를 숙이고 있던 요우가 고통에 신음하듯 가느다란 소리로 말했다.

"…그러지 마. 어차피 나는 못 먹으니까…"

"하지만… 여기 밀을 먹으면 네 알레르기는 나을 거라고 쇼조가 그랬는데…"

우츠로기는 제정신이 돌아온 듯 주춤하고, 야기누마에게서 손을 뗀다.

"…토시야. 〈낙원의 이삭〉은, 이 밀의 기원종은…"

거기까지 말하던 야기누마가 갑자기 입을 다물었다.

"…쇼조?"

"그걸 이리 내…"

야기누마는 우츠로기의 손에서 빵을 빼앗더니 덥석 물었다. 그리고 빵을 물어뜯어 열심히 씹어 삼키고, 순식간에 먹어치운다. 이윽고, 조금 전까지의 공황상태는 자취를 감추고 이성을 되찾았다.

"…미안하다. 요우의 병이 걱정돼서 마음이 약해졌는지도 몰라. 하지만 이제 괜찮아. 우리 밀을 먹으면 모두 해결될 거야. 내일 수확이 끝나자마자 갓 탈곡한 〈낙원의 이삭〉을 준비할게. 나와 네가 요우에게 먹는 것의 즐거움을 가르쳐주는 거야. 옛날에 약속한 대로. 나는 너와 한 약속은 절대 어기지 않아."

그리고 야기누마는 요우에게 다가가, 아이의 손을 잡고 무릎을 꿇었다.

"요우도 겁나지? 하지만 안심하렴. 네 아빠와 한 약속은 반드시 지킬 거야. 너는 내일이면 뭘 먹을 때마다 안고 있던 공포에서 드디어 해방되는 거란다."

4

날이 밝았다.

하늘은 화창했다. 그러나 마을에서 내려다보이는 산맥은 구름에 완전히 뒤덮여 운해가 펼쳐져 있다. 흡사 마을이 구름 위에 떠 있는 듯하다.

그 햇빛을 받으며 갓 수확된 밀이삭이 운반된다.

마을 사람들은 모두 노인처럼 허리가 구부정하다. 물어봐도 그들은 아무 대답이 없고, 촌장 야기누마도 그 편이 경작에 적합하기 때문이다, 라는 말밖에 하지 않았다.

허리가 굽은 마을 사람들이 단으로 묶은 밀이삭을 들고 비탈길을 내려온다. 이따금 반짝이는 금가루 같은 낟알이 땅에 후둑 떨어지면 다른 마을 사람이 모이를 쪼는 새처럼 재빨리 손을 뻗어 다시 줍는다. 낟알 하나도 버리지 않겠다는 듯 철저하다.

제분소 오두막 옆에는 야외에서 취사할 수 있도록 채비가 되어 있었다.

장작불을 때고, 질그릇으로 만든 커다란 솥을 불 위에 걸어놓았다.

불 옆에 있는 사람은 나와 우츠로기, 그의 딸 요우, 그리고 야기누마다. 어젯밤에 있었던 한바탕 소란을 다 잊은 듯 우츠로기와 야기누마는 요우를 사이에 두고 즐겁게 이야기하고 있다.

"정말 고맙습니다, 키시베 선생님. 하루 더 머물러주셔서요."

야기누마가 정중하게 고개를 숙였다.

"여기까지 와서 취재도 않고 돌아가면 손해니까…"

〈낙원의 이삭〉의 정체에 대해 조사하고 싶었던 것이다.

게다가 어젯밤의 사건이 마음에 걸렸다. 우츠로기의 상식을 벗어난 식욕이며 알레르기를 치료한다던 약속을 까맣게 잊어버린 듯한 야기누마의 수상한 언동.

분명 그들의 인식은 어딘가 어긋나 있다. 그것이 어떤 트러블로 이어질 가능성도 있다. 밀 알레르기인 요우가 〈낙원의 이삭〉을 먹어도 정말 괜찮을까?

역시 마음에 걸리는 것은 〈낙원의 이삭〉이 대체 어떤 힘을 갖고 있느냐다. 실제로 그 빵을 먹고 하룻밤이 지난 지금 눈에 띄는 변화는 없다. 어젯밤만큼의 양은 아니지만 아침식사로 나온 빵을 나도 우츠로기도 먹었다(딸 요우에게는 특별히 야기누마가 마을 사람들을 시켜 과일이며 나무열매를 모아다주었다). 있다면 평소보다 식욕이 왕성하고, 어젯밤에 산을 오르느라 쌓인 피로가 말끔히 날아간 듯 활력이 넘친다는 점이다.

그러나 단지 건강을 증진하는 효과만 있었다면 굳이 야기누마가 '체질이 변화한다'고 단언하지 않았을 것이다. 더욱 큰 변화가 일어나는 것이 아닌지— 그 기대와 불안이 나를 이 마을에 하룻밤 더 머물도록 한 가장 큰 이유일지도 모른다.

그나저나 〈낙원의 이삭〉은 밀이삭 자체의 아름다움만으로도 빨려들 것만 같다. 탈곡이 시작된 이삭을 보자마자 자연히 입안에 침이 고인다. 그 황홀한 맛을 떠올리니 허기와도 같은 강렬한 식욕이 뱃속을 들볶는다. 아침을 두둑하게 먹었는데도 더 먹고 싶다. 눈앞에서 탈곡을 하며 그 알맹이를 드러내는 〈이삭줍기〉에서 눈을 뗄 수가 없다.

탈곡한 낟알을 한 곳에 담아서 달궈진 냄비에 좌르르 쏟아부었다.

얼마 후 솥에서 김이 피어오르고, 구수한 밀 냄새가 바람에 실려왔다. 더욱더 식욕이 자극됐지만 맨 먼저 먹는 것은 마을 사람들이었다.

오두막 옆 광장에서 마을 사람들은 말없이 밀죽을 떠먹는다. 그 얼굴은 하나같이 웃음이 가득하다. 얼마나 맛있을까—그 만족스런 얼굴에서 맛에 대한 감동이 전해진다.

그리고 그녀 차례가 왔다.

"자, 요우 몫도 있어. 우리 같이 먹자."

야기누마가 죽을 떠서 우츠로기에게 그릇을 건넸다. 우츠로기는 싱글벙글하며 그릇을 받아들고 땅에 털썩 앉았다. 그리고 가로누운 통나무에 걸터앉아 있는 요우에게 그릇을 내민다.

"자."

걸쭉한 죽이 든 그릇을 요우는 물끄러미 바라봤다. 작은 나무숟가락을 들고 바짝 굳은 채로. 무리도 아니다. 아버지 우츠로기만 해도 그토록 딸의 알레르기를 걱정했으니. 처음 알레르기를 깨달았을 때 아이는 더없이 무서운 경험을 했을 것이다.

음식물 알레르기가 일어나는 것은 섭취한 알레르기 유발 물질에 대해 신체의 면역 시스템이 과잉 반응하기 때문이라고 한다. 알레르기가 일어나는 역치에는 개인차가 있지만 음식물 알레르기는 극히 적은 양이라도 치명적일 수 있다.

그러므로 이 작은 숟가락에 담긴 양이라도 밀죽을 떠먹는 행위는 자칫 생명까지 위협할 가능성이 있는 것이다. 무서워하는 것은 당연하다. 야기누마는 〈낙원의 이삭〉이 현재 유통되는 보통밀 품종과는 유전적으로 거의 다른 계통이라 할 수 있는 초고대종이니 괜찮을 거라고 했다. 유전자 연구를 해온 전문가의 말이다. 사실은 괜찮을지도 모르지만, 그것만으로 순순히 받아들일 만큼 인간은 단순하지 않다.

요우는 숟가락을 들고 있을 뿐 죽을 먹지 않는다. 그러는 사이에도 죽은 점점 식어간다.

"왜 그러니?"

조바심이 나는지 우츠로기가 딸에게 얼굴을 가까이 댄다.

"왜 안 먹는 거야?"

"아빠, 그치만, 아직 아빠가, 안 먹었어⋯"

그릇을 아버지에게 돌려준다. 언제나 식사할 때는 우츠로기가 먼저 먹은 후 요우에게 건넸다. 그런데 이번에는 그러지 않았다. 그래서 요우는 먹기를 겁내고 있었다.

"괜찮아. 이 밀은 특별하니까, 너도 꼭 먹을 수 있을 거야!"

그러나 우츠로기는 한시라도 빨리 먹이고 싶어서 밀죽이 든 그릇을 아이에게 들이댄다.

"싫어… 절대, 안 먹을 거야…"

요우가 고개를 숙이고 세차게 도리질을 했다.

완전히 겁에 질려, 밀죽을 입에 대려고도 하지 않는다.

"자, 먹어야지… 고집부리지 말고. 어서…"

우츠로기는 억지로라도 먹이려고 숟가락으로 죽을 떠서 입으로 가져간다. 지금까지 본 적 없는 강경한 태도였다. 그러면서도 표정은 지극히 평온했다. 꿈을 꾸는 듯한 얼굴이었다. 그의 얼굴에 떠오른 웃음은 야기누마나 마을 사람들이 띠고 있는 것과 흡사했다.

"다들 얼른 먹고 싶은데 너 때문에 참고 있잖아…"

우츠로기의 말대로였다. 어느새 나도 빨리 내 차례가 돌아오기를 강렬히 빌고 있었다. 1초라도 빨리 저 죽을 먹고 싶다. 오랜 허기처럼 격심한 공복을 느꼈다. 정 안 먹겠다면 차라리 내가 먼저 먹어버릴 테다——

더 참지 못하고 한 발 앞으로 나섰다. 손을 뻗어 요우가 든 죽그릇을 빼앗는다.

그리고——

있는 힘껏 그릇을 내던졌다. 밀죽이 땅에 튀어 날아갔다.

나는 요우와 우츠로기 사이로 끼어들었다. 그리고 겁을 집어먹은 아이를 감싸듯이 섰다.

"…이봐, 제정신이야? 아이가 이렇게 싫다고 하는데, 왜 자꾸 억지로 먹이려는 거야?"

아무리 생각해도 이건 이상하다— 지금도 나 자신을 괴롭히는 이 비정상적일 정도의 식욕이, 〈낙원의 이삭〉에 대한 집착이 도리어 강한 의문을 불렀다.

이 초고대종 밀은 먹은 사람을, 우츠로기의 성격을 명백하게 바꾸고 있다.

"자네들 사이에 무슨 사정이 있는지 타인인 나는 모르지만, 적어도 이 아이의 알레르기를 치료하기 위해 〈낙원의 이삭〉을 먹이려는 게 아니라, 좌우지간 억지로라도 먹이고 보려는 것으로밖에 안 보이더군."

역시 이 초고대 밀은 인간의 육체나 정신에 어떤 영향을 미치는 것이다.

예를 들어 〈악마의 손톱〉이라는, 맥각균이 기생한 호밀을 먹은 인간은 그에 함유된 성분인 맥각 알칼로이드에 의한 중독 증상이나 정신 이상을 일으킬 수 있다. 만약 〈낙원의 이삭〉에도 그런 성분이 들어 있다면——

"아, 아아아… 미, 밀이…"

우츠로기가 갑자기 신음소리를 냈다. 그런가 싶더니 얼른 땅에 쏟아진 죽을 손으로 떠서, 흙이며 잡초와 함께 와구와구 먹기 시작했다.

"아, 아빠…"

딸 요우가 놀라는 가운데 우츠로기가 커다랗고 두터운 혀를 널름 내밀더니 입 주위에 묻은 흙과 죽을 훑었다. 그리고 천천히 밀알을 씹기 시작했다.

그 눈은 무척 평온했지만 아무 감정도 느껴지지 않는다. 킁, 킁, 하며 막힌 코로 억지로 숨을 쉬는 듯한 소리를 내며 물끄러미 이쪽을 바라본다.

"우츠로기 토시야… 자네 지금 진짜 이상해지고 있어—"

나는 겁에 질려 꼼짝 못하는 요우를 등뒤로 감싸며 우츠로기에게서 슬금슬금 거리를 두었다.

만약 그가 덤벼들기라도 한다면 바로 대처할 수 있도록.

"—죄송합니다. 이 친구가 처음 먹은 〈낙원의 이삭〉이 맛있어서 너무 흥분한 모양이군요…"

거기에 야기누마가 끼어들었다. 그는 소를 어르듯 땅에 엎드려 있는 우츠로기의 목 언저리를 상냥히 어루만지고 등을 토닥인다. 그리고 아직 낟알이 달려 있는 밀이삭을 우츠로기에게 주었다. 우츠로기는 그것을 입에 물고 천천히 씹기 시작했다.

그러자 우츠로기의 거칠던 숨소리가 점차 잦아들고, 그 자리에 눕듯이 납작 엎드렸다.

"저희 마을에서는⋯ 흔히 있는 일입니다. 이 위대한 밀에 반한 나머지, 이따금 분별을 잃어버리죠. 왜, 어제 키시베 선생님도 그러셨지 않습니까? 이 밀의 맛을 다른 사람들에게 가르쳐주고 싶어진다고 ——"

"분명 그렇게 말하긴 했지⋯"

"토시야도 그렇습니다. 아무것도 모르는 사람이 좀전의 행동을 보면 억지로 먹이려 한다고 오해했을지도 모르죠. 하지만 그의 지극한 자식 사랑에서 비롯된, 맛있는 음식을 먹여주고 싶다는 마음이 너무 강했을 뿐⋯ 그렇다면 타인인 우리가 그것을 비난할 수는 없지 않을까요. 안 그렇습니까, 키시베 선생님?"

야기누마는 솥에서 다시 죽을 떠서 그릇에 담아 다가왔다.

그리고 요우에게 빙그레 미소 짓는다.

"자, 먹으렴."

"안 먹어."

"괜찮다니까. 어서 먹어."

"안 먹는다니까? 절대 안 먹을 거야!"

완전히 겁에 질려 있다. 아이는 내 바지를 꼭 움켜쥐고, 야기누마가 더이상 가까이 오지 못하도록 뒤로 숨는다.

"⋯난감하군." 야기누마가 머리를 긁적였다. "저, 키시베 선생님이 아이한테 같이 먹자고 해주시겠어요? 원하시면 먼저 드셔도 좋습니다."

죽이 든 그릇을 내 눈앞으로 들이댄다. 구수한 밀 냄새가 피어올라 미치도록 식욕을 자극했다. 꼬르륵… 뱃속에서 소리가 난다. 입안은 '기다려' 명령을 받은 개처럼 침으로 가득하다. 먹고 싶다. 당장 이 죽을 말끔히 긁어먹고 그 훌륭한 맛을 즐기고 싶다.

"—미안하지만, 나도 이 아이와 같은 생각이군."

그러나 먹을 수 있을 리가 없다. 이 터무니없는 유혹에 따랐다간 아마 나도 이 초고대 밀의 포로가 되어, 분명 좀전의 우츠로기처럼 이번에는 야기누마와 나까지 셋이서 이 어린 아이에게 밀죽을 억지로 먹이려 들지도 모른다.

그것이 끔찍하게 싫었다. 나 혼자라면 이 위험한 놈을 시험해보고 싶다는 호기심에 몸을 맡겼겠지만 지금은 어린아이가 있는 것이다. 아이를 말려들게 할 수는 없다. 아버지인 우츠로기가 저 모양이 된 지금 누군가 그 역할을 대신해주어야만 한다.

"…하는 수 없군요. 일단 좀 쉬십시오. 식사는 다음에 하도록 하지요."

"아니, 우린 이만 돌아가겠어. 저기 넋 놓고 있는 친구와 함께 아이를 데리고 하산할 생각이야."

"—그건 그만두시는 게 좋겠는데요."

"뭐라고?"

"지금 하산하면 여러분은 짙은 안개 속에서 험한 바위산을 타고 내려가야 합니다. 당신이나 토시야라면 그럭저럭 갈 수 있을지 몰라도 어린아이를 데려가는 것은 너무 위험해요."

"으…"

"안심하십시오. 내일이면 기온이 올라가 안개도 걷힐 겁니다. 느긋하게 아침식사를 한 다음 안전하게 하산하시면 됩니다."

"무슨 일이 있어도 돌려보내지 않을 셈이군…?"

"천만의 말씀입니다. 저희는 무엇보다도 여러분의 안전을 우선하고 싶을 뿐이에요."

"그 말이… 사실인가?"

그렇게 물은 직후, 야기누마의 얼굴이 책 페이지처럼 촤라락 펼쳐졌다.

"…〈헤븐즈 도어〉. 그 능력은 상대의 기억이나 사고를 읽는다——"

나는 내 능력을 발동시켜 야기누마의 내면을 열람한다. 액면 그대로 믿을 수는 없다. 뒤에 숨겨진 것을 캐낼 필요가 있다.

'친구 우츠로기 토시야, 그의 딸 요우, 그리고 인기 만화가

키시베 로한 선생님. 세 사람 모두 처음으로 〈낙원의 이삭〉을 먹는 귀한 손님. 정중히 모셔야 한다—'

문장으로 확인한 바로는 우리에게 해를 입힐 기색은 없다. 〈낙원의 이삭〉에 대해서도 '염원하던 발견! 이제 드디어 우리의 소원이 이루어지나!' 하는 기쁨이 나열되어 있다.

"적어도… 갑자기 공격하거나 할 생각은 없는 모양이군. — 일단 만약을 위해 '이제부터 키시베 로한의 요구에 따른다'고 적어둬야겠다."

그리고 능력을 해제하자 야기누마가 스르르 일어선다.

"야기누마 씨. 우선은 당신 말을 듣도록 하지. 하지만 내일이면 우리는 바로 하산하겠어."

"…아쉽지만 그러는 수밖에 없군요."

"그리고 식사는 〈낙원의 이삭〉 외에 다른 것으로 부탁해. 이 아이에게는 과일 같은 거랑, 가축 울음소리가 들리는 걸 보면 우유 같은 것도 있겠지? 그걸로 부탁하지."

"알겠습니다. 그렇게 준비하죠. —그러면 저는 이만. 마을 사람들과 함께 밀을 돌봐야 해서요."

저항 없이 야기누마는 끄덕이고, 마을 사람들과 함께 발길을 돌렸다.

"이것으로 우선은 안심인가… 너도, 공연히 무섭게 해서 미안하다."

아직도 다리에 꼭 붙어 있는 요우의 머리를 가만히 쓰다듬었다. 그녀는 아무 대답도 없었지만, 대신 한번 꽉 힘주어 끌어안았다가 떨어지고는 우츠로기에게 다가갔다.

우츠로기는 여전히 야기누마에게서 받은 생 밀이삭을 껌처럼 우물우물 씹고 있었지만 요우가 다가가자 느릿느릿 일어서서 함께 걷기 시작했다.

맛있어… 아아, 맛있어…

오두막으로 돌아가는 동안 우츠로기는 묘하게 늘어진 목소리로 그렇게 되풀이했다.

5

한밤중의 일이었다. 문득 눈이 떠졌다.

"뭐지… 이 냄새는…"

저도 모르게 코를 틀어쥘 정도로 심한 짐승 냄새가 오두막 안에 가득했다.

목재로 조립해서 마른풀을 쿠션 대신 깔아둔 침대에서 일어난다. 만에 하나의 사태에 대비해 등산복을 껴입고 신발도 신은 채 자고 있었다.

"―아빠가 없어요."

그러자 요우의 작은 목소리가 들렸다. 요우는 이미 잠에서 깨어 매우 겁을 먹고 있었다. 방안은 캄캄하다. 등불도 없고 천장에 댄 판자 틈으로 푸르스름한 달빛이 희미하게 비칠 뿐이었다. 상대의 윤곽을 간신히 파악하는 것이 고작이었다. 나는 손으로 더듬어 요우가 어디 있는지 찾는다. 그리고 이내, 아이의 조그만 손이 내 손을 잡는 감촉이 느껴졌다.

"없어요, 일어나니까, 없어서…"

"괜찮아. 같이 찾아줄게. 그보다 너는 괜찮니? 다치진 않았어?"

"나는 괜찮아요… 그치만 아빠가…"

요우가 내 팔을 따라 곁으로 다가온다. 작고 여윈 몸. 마음껏 먹을 수 없다는 것이 아이에게 얼마나 가혹한지, 조금이나마 전해지는 기분이 든다.

우츠로기는 자기 의지로 밖에 나간 것일까. 아니면 누군가 그만을 노리며 끌고 나간 것일까.

"우선 밖으로 나가자. 산을 내려가지는 못할 테니 마을 어딘가에 있을 거야."

오두막에서 나가기 위해 문을 밀어 열려던 나는 손을 멈췄다.

발소리가 나지 않도록 천천히 걸어, 벽에 댄 판자 틈새로 밖을 내다본다.

구름 없는 하늘에는 달이 빛나서 시야가 제법 밝았다.

오두막 바로 옆에 집 지키는 개처럼 마을 사람 두 명이 서 있었다. 둘 다 허리가 심하게 굽었지만 고개를 꼿꼿이 들고 있었고, 그들의 시선은 우리가 있는 오두막을 똑바로 향해 있었다.

"…파수꾼이 있군."

아무래도 우츠로기의 실종에는 마을 사람이 관련되어 있다고 봐도 틀림없을 듯하다.

그리고 이쪽에서 움직임이 있으면 즉시 야기누마에게 알리도록 되어 있을 것이다.

어느 쪽이든 그들의 눈을 속일 필요가 있다. 뭔가 방법이 없을지 오두막 안을 둘러보니 요우가 입구의 문을 살짝 열고 있었다. 가만히 팔을 내민다. 아이의 가느다란 팔이 아니면 지나갈 수 없을 정도의 좁은 틈을, 감시중인 마을 사람들은 미처 보지 못했다.

요우는 살짝 팔을 휘둘러 뭔가를 밖으로 던졌다. 빵조각이었다. 그것이 오두막에서 약간 떨어진 풀숲에 떨어진다. 바스락, 작은 소리가 들렸다.

순간, 파수꾼들이 반응했다. 요우를 향한 것이 아니다. 요우가 던진 빵조각에 반응하여 그 낙하 지점으로 향한다. 마치 개에게 먹이를 던져주듯이. 이어서 두 개, 세 개째 빵조각을 던져서 파수꾼들을 오두막에서 점점 멀어지도록 유도했다. 빵은 단단하고 조밀해서 돌처럼 멀리 날릴 수 있었다.

이윽고 풀숲 속에서 빵을 씹는 소리가 들린다. 지금 오두막 앞에는 아무도 없다. 나는 요우가 건네준 석판처럼 단단한 빵을 손에 쥔다.

"어젯밤의 빵인가… 용케 안 먹고 놔뒀구나."

"…난, 아빠가 괜찮다고 한 것만 먹으니까."

"아빠가 너를 참 잘 가르쳤어…"

그리고 나는 요우와 함께 오두막을 나섰다.

달이 밝다. 푸른 밤이다. 짙은 어둠 속에서 초목이 윤곽을 드러내고 있다.

기온이 낮았다. 내쉬는 숨결이 하얗다. 방한용 넥워머를 요우에게 씌워주었다. 아이가 이 추위를 견디긴 힘들 것이다.

키가 큰 풀 사이에 몸을 숨기고, 등을 구부린 자세로 마을을 지나간다. 제 아빠를 찾겠다고 갑자기 사라져버리지 않도록 요우의 손을 꼭 쥐고 있다. 그리고 마을 사람의 기척이 날 때마다 걸음을 멈추고, 뜯어낸 빵조각을 던져 주위를 돌린 다음 다시 나아갔다. 우선은 야기누마의 오두막으로 향하기로 했다.

마을은 낮보다도 사람이 많이 나와 있었다. 하지만 북적거리는 것과는 거리가 멀다. 묵묵히 돌을 줍거나 잡초를 뽑거나 괭이를 휘두르는 것이, 새 밭을 만들려는 듯하다. '초목도 잠드는 축삼시(새벽 두 시경)'라는 말도 있는데. 근면하다기보다는 이상하다.

그러자 멀리서 일렁이는 횃불이 보였다. 나와 요우는 지면에서 불룩 튀어나온 나무뿌리 그늘에 숨는다. 소며 돼지의 울음소리가 들렸다. 마을 사람들이 가축을 끌고 이동하고 있다. 가만히 숨을 죽이고 그들을 지나보내려 했다.

하지만 사람들이 바로 옆을 지나가던 순간이었다.

"…헉."

나무뿌리 사이로 마을 사람들의 모습을 본 요우의 몸이 갑자기 굳어졌다. 비명을 지를 듯하여 얼른 손으로 아이의 입을 막았다.

"―조용히."

그렇게 속삭였지만 나도 자칫하면 소리를 지를 뻔했다.

뭐야, 이것들은―허리가 잔뜩 굽은 마을 사람들에게 끌려가는 한 무리의 가축들을 나는 보았다. '그것'들은 분명 가축이다. 하지만 그 모습을 어떻게 형용해야 할까―그것들은 소나 돼지, 닭이면서 동시에 아무리 봐도 인간처럼 보이는 것이다.

"꼬끼오 꼬꼬――!!" 닭 부리처럼 단단하게 튀어나온 입으로 땅을 쪼거나 돌 틈에 있는 벌레를 파내어 먹어치우는 작은 체구의 인간 모습이 보였다. 그 다리는 비늘로 덮여 있었고, 목을 홱홱 움직이는 몸짓은 영락없는 닭이었다.

"음머어어어——" 기다란 얼굴을 땅에 묻고 잡초를 우적우적 씹는 소처럼 덩치 큰 남자가 있다. 엎드려 땅을 짚은 손과 발에는 두껍고 거대한 소 발굽 같은 것이 달렸고, 코에 꿴 코뚜레를 당기자 부스스 일어나 마을 사람을 따라간다.

"꿀꿀꿀." 돼지처럼 불룩 솟아오른 코로 연신 냄새를 맡으며 땅에 떨어진 밀알을 줍는 인간의 모습도 있었다. 겉모습은 앞서 소처럼 생긴 남자를 조금 축소한 것처럼 생겼지만, 행동은 훨씬 민첩했다. 그들은 목걸이를 차고 여기저기로 흩어져 밀알을 채집하고 있다.

모두 합쳐 약 열 마리—아니, 열 명이라고 해야 할까—가 횃불을 든 마을 사람들을 뒤따라 비탈길을 올라간다. 아마 밀밭으로 향하는 듯하다.

"방금 그거, 봤어요…?"

잔뜩 겁먹은 목소리인 요우가 내 옷소매를 꼭 쥐었다.

"…그래, 두 눈으로 똑똑히 봤어."

사람이 아닌 것— 말 그대로 그렇게 형용할 수밖에 없는 것들의 행렬이 줄을 잇고 있었다. 마치 백귀야행을 목격한 듯 으스스한 기분이었다.

"위험해, 이 마을은——"

중독으로 환각 작용이 일어나는 수준이 아니다. 더욱 심각한 이상이 발생하고 있다. 인간이 전혀 다른 모습으로 변모하고 마을 사람들은 그것을 당연한 듯 받아들인다. 이것은 이미 괴기 현상이라 부를 만했다.

"한시라도 빨리 네 아빠를 찾아서 산을 내려가야 해."

나무뿌리에서 기어나와, 요우를 데리고 가축 행렬이 가는 곳과는 반대 방향으로 이동했다.

길은 마을 어귀로 이어져 있었다. 수로 하류를 따라 평평한 지붕들이 늘어서 있다.

나무들이 울창해서 가까이 다가가지 않으면 그 존재도 알아차릴 수 없을 정도였다.

"축사인가…?"

그렇게 단정한 것은 구조 때문이기도 하지만, 주위에 감도는 냄새 때문이었다. 좀전에 마을 사람들이 지나갈 때 훅 피어오르던 짐승 냄새. 그리고 그 냄새는,

'…우츠로기가 실종됐을 때 오두막에서 나던 냄새와 같다.'

불길한 예감이 들었다. 마치 이 건물들을 숨기려는 듯이 외진 곳에 있는 것도 마음에 걸렸다. 단순한 축사가 아니라, 외부인의 눈에 띄지 않도록 해야 하는 시설이라면——

내부를 조사하려고 축사로 다가갔다.

입구 쪽으로 돌아가려는데 짐승 냄새에 섞여 다른 냄새를 맡았다. 이런 곳에 전혀 어울리지 않는 먹음직하고 구수한 냄새가 또렷하게——

요우에게는 그 자리에서 기다리도록 손짓으로 제지한 후, 축사 내부를 살폈다.

분명 〈낙원의 이삭〉 냄새였다. 그 풍성하고도 그윽한 냄새를 잘못 맡을 리가 없다. 하지만 희귀한 작물이라는 초고대 밀을 조리하기에 이곳은 전혀 어울리지 않는다.

"…자, 많이 먹어."

그리고 목소리가 들렸다. 야기누마다. 나는 몸을 숙이고, 벽에 댄 널판과 지면 사이의 틈새로 축사 안을 들여다봤다. 야기누마가 발밑에 놓인 양동이에서 낟알을 떠내고 있다. 그 바로 옆에는 우츠로기인 듯한 거구의 윤곽이 보였다. 아마 야기누마에게 밀 낟알을 받아먹고 있는 듯하다. 와그작와그작, 낟알을 씹어먹는 소리만이 들린다.

"생각보다 시간이 걸렸지만 이제 너도 우리 동족이 됐구나." 야기누마가 기쁜 듯 중얼거렸다. "걱정 마. 요우와 키시베 선생님도 꼭 이 밀을 먹을 거야. 그러면 괜찮아. 모든 게 잘될 거야."

그런 다음 축사를 돌며 사료 배식을 마친 야기누마가 빈 양동이를 양손에 들고 밖으로 나왔다. 그리고 가까운 수로에서 양동이를 씻은 다음 그대로 마을을 향해 돌아갔다.

"─가자."

우리는 곧바로 축사에 숨어들었다. 다른 마을 사람이 없는지 경계하면서 내부로 들어간다. 나무판자며 각목으로 칸을 나눈 축사 안의 어둠 속에서 짐승 숨소리가 들려왔다.

"어디 있어… 우츠로기─?"

살짝 불러보았다. 큰 소리를 내면 야기누마나 마을 사람들이 눈치챌 우려가 있어서다.

"─아빠."

그러자 더 참지 못한 요우가 내 손을 놓고 뛰어갔다. 어둠 속으로 작은 몸이 사라진다.

"기다려, 혼자서 가면─"

안 돼, 라고 말하려 할 때였다.

"아빠?!"

갑자기 요우의 비명이 들렸다. 서둘러 소리 나는 곳으로 달렸다. 축사 맨 구석에 있는 외양간이다. 요우가 그 안에 있었다. 울타리 간격이 넓어서 어린아이라면 비집고 들어갈 만한 틈이 있었다. 그리고 마른풀 위에 털썩 주저앉은 요우의 옷자락을 거대한 소 한 마리가 물어 당기고 있었다.

"움…머…"

그대로 깔고 누르려는 듯 큰 소가 요우의 머리 위를 뒤덮었다.

"윽, 이건… 소, 소인가—?"

그 거구를 가까이에서 보고 경악했다. 2미터에 육박하는 큰 몸에서 굵은 양팔과 양다리가 뻗어 나와 있고, 그 끝에는 단단한 발굽이 달려 있다. 배도 등도 뻣뻣한 털로 뒤덮여 있다. 흑백으로 얼룩덜룩하게 보이는 것은 털이 난 부분과 피부가 드러난 부분이 있기 때문이다. 기다란 얼굴은 틀림없는 소의 그것이지만, 머리 윗부분의 털만이 묘하게 곱슬곱슬하고 풍성하다. 그리고 그 얼굴은 틀림없는 우츠로기 토시야였다.

그 이마에 불룩, 하고 두 개의 혹이 돋았다. 얇은 피부로 된 주머니에 감싸인 돌기는 엄청난 속도로 성장하며 점점 커지다가 이윽고 파열했다. 주머니 속에 고여 있던 피를 주르륵 흘리며 모습을 드러낸 것은 담홍색으로 물든 한 쌍의 늠름한 뿔이었다.

마치 신화에 나오는 반인반수 '미노타우로스' 같다. 그 몸에는 우츠로기가 입고 있던 옷 조각이 군데군데 걸려 있었다.

"—아니야, 이건 우츠로기다! 〈헤븐즈 도어〉!"

능력을 발동해서 그 내면의 기록을 다시 쓴다.

'우츠로기 요우에게서 물러난다. 아이를 깔고 앉지 않는다.'

그 순간 큰 소로 변한 우츠로기는 요우에게 다가가기를 멈

추고 마른풀 위에 벌렁 드러눕는다. 나는 즉시 〈헤븐즈 도어〉
를 다시 발동하여 우츠로기의 기록을 조사하기 시작했다.

하지만 거기서 이변과 맞닥뜨렸다.

'이상하다. 그 밀을 먹기 시작하면 멈출 수 없다. 속이 답
답한데도 계속 들어간다. 위가 늘어난 것처럼 먹었다가 토하
고, 그래도 다시 먹는다. 어떻게 된 걸까. 이게 정말 먹어도 괜
찮은 밀…을 딸과 로한에게도 먹여야지. 같이 밀밭을 갈자.
먹이자. 갈게 하자. 먹이자. 동족으로 만들자…'

"어떻게 된 거지… 맹렬한 속도로 그의 내면이 〈다시 쓰이
고〉 있어…!"

페이지에 적힌 문장이 엄청난 속도로, 전혀 다른 문장으
로 바뀌고 있었다.

즉 우츠로기 토시야라는 인간의 내면이 시시각각 다른 것
으로 변모하고 있는 것이다.

'밀과 가축.'

'낙원.'

'풀, 먹는다, 소.'

조금 전에 추가한 내용도 이미 사라지고, 기록이 점점 단
순해진다.

그리고 완전히 바뀌어버렸다. 우츠로기―였던 거대한 반
인반우는 여물통에 고개를 박더니 남은 밀죽을 와구와구 먹

기 시작한다.

"아빠… 아빠아…"

이미 딸도 못 알아보는지, 바로 옆에서 울음을 터뜨린 요우에게 눈길도 주지 않는다.

뇌리에, 조금 전 보았던 마을 사람과 가축의 행렬이 스친다. 인간이라고도 동물이라고도 할 수 없는 이형의 무리들—그것은 우츠로기처럼 〈낙원의 이삭〉을 먹고 모습이 바뀐 인간들이었던 것이다.

즉 야기누마는 〈낙원의 이삭〉을 이용해 인간을 노예나 다름없는 가축으로 만들어서, 초고대 밀을 재배하는 데에 부려먹고 있다.

'하지만 어떻게 된 일이지…?! 어제 야기누마를 〈헤븐즈 도어〉로 조사했을 때, 이런 일을 벌이고 있다고는 한마디도 적혀 있지 않았는데—?'

야기누마 본인에게는 이런 이상 현상을 일으킬 능력이 없었고, 〈낙원의 이삭〉을 먹여 정신이나 육체가 변화하는 현상에 관한 지식도 적혀 있지 않았다.

하지만 조금 전 야기누마의 언동은 틀림없이 이 변모를 알고 있었다.

이상하다. 야기누마 쇼조는 〈낙원의 이삭〉의 이상성을 모를 텐데도 그 능력을 완전히 파악해서 인간을 가축으로 바꾸어 지배하고 있다. 앞뒤가 안 맞는다.

아니, 가만.

내 직감이 경고음을 울렸다. 조금 전에 목격한 사실. 〈헤븐즈 도어〉로 내가 적어넣은 우츠로기의 내면 기록이 맹렬한 기세로 고쳐지던 모습.

"내 〈헤븐즈 도어〉의 능력을 무효화하고 인간의 내면을 다시 쓴다. 설마——"

그 생각에 이르렀을 때 또하나의 위기를 깨달았다.

우츠로기에게 쓴 기록이 지워졌다면 야기누마에게 쓴 〈헤븐즈 도어〉의 기록 역시 무효화되었을 가능성이 있다.

"—오두막에서 두 분이 없어졌다는 말을 듣고, 당신이라면 반드시 토시야를 찾으러 올 거라고 생각했습니다. 키시베 선생님."

고개를 돌리자 야기누마가 횃불을 들고 서 있었다.

그의 등뒤로 횃불을 들고 축사를 완전히 포위한 마을 사람들이 보였다.

6

도망칠 곳이 없다.

"토시야, 잡아라."

야기누마가 명령한 순간, 우츠로기가 변한 인우人牛가 거대한 몸을 일으켰다. 팔 끝에 달린, 소 발굽과 사람 손의 중간이라는 표현 외에는 형용할 도리가 없는 손이 요우의 가느다란 양팔을 하나씩 덥석 잡았다.

요우는 공포에 질린 나머지 몸이 얼어붙어 반항할 생각조차 하지 못했다. 우츠로기는 그대로 요우를 번쩍 들어올려, 양팔을 구속한 채 꽉 끌어안았다.

"이쪽으로."

야기누마가 명령하자 우츠로기는 요우를 데리고 걷기 시작한다. 울타리에 걸렸지만 개의치 않고 전진했다. 목재가 버텨내지 못하고 으지직 소리를 내며 부러졌다.

압도적인 괴력이었다. 결코 인간의 힘이 아니다.

나는 야기누마, 그리고 요우를 잡은 우츠로기를 뒤따라 축사를 나선다.

"저항은 하지 않으십니까? 키시베 선생님."

"…내가 무슨 짓을 하면 저 아이에게 해를 가할 생각이 아닌가?"

"필요하다면 그래야겠죠." 야기누마는 냉혹하게 말했다. "가능하다면 손상 없는 가축을 얻고 싶지만, 경우에 따라서는 어느 정도 희생도 감수해야겠지요. 우선 순위는 노동 가치가 높은 키시베 선생님과 토시야니까요."

"그냥 넘길 수 없는 소리군… 이 아이는 네 친구의 딸이 아닌가?"

"네, 제 소중한 친구의 소중한 아이죠. 하지만 밀 재배라는 관점에서 보면 노동력으로선 가치가 떨어집니다."

"〈낙원의 이삭〉을 먹으면 그 아이의 밀 알레르기가 낫는다던 것은 거짓말이었나?"

"그애의 알레르기는 신체의 면역 시스템이 밀을 위험한 이물질로 오인하고 거부하기 때문에 일어나는 것입니다. 〈낙원의 이삭〉을 필요량만큼 섭취하면 육체가 변질되기 시작하고 적응이 완료되겠죠."

"대신 아이도 괴물이 되겠지?"

주위를 빙 둘러보았다. 남녀노소를 막론하고 허리가 완전히 굽은 마을 사람 외에, 좀전에 목격한 소, 돼지, 닭의 모습과 비슷하게 변모한 사람들이 모여 있다.

"모두가 그 자질에 따라 어울리는 모습을 얻게 됩니다. 가령 토시야는 그 뛰어난 신체 조건에 의해 밭을 가는 소로 변화하죠."

"당신은 변하지 않은 모양인데?"

"저는 키시베 선생님과 같습니다." 야기누마는 자기 머리를 가리킨다. "공동체에는 관리자가 있어야 합니다. 부릴 수 있는 노동력이나 가축이 아무리 많아도 지시할 리더가 없으면 밭은 거칠어질 뿐이죠. 또는 번식을 늘리고 마을을 더욱 키우기 위해 이렇게 외부에서 새로운 사람을 불러들이려면, 그를 위한 전문 인력도 필요하니까요."

"궤변이군. 너는 자기 외의 다른 사람을 말 잘 듣는 노예로 만들어 지배하려는 걸로밖에 안 보이는데."

야기누마가 뭐라고 하든 그가 이 마을의 지배자로 군림하는 것은 사실이었다.

"…아무래도 이야기가 안 통하는군요, 키시베 선생님. 당신은 이제 저희와 함께 마을에 살면서 그 뛰어난 재능으로 만화를 그려 외부 사람들에게 〈낙원의 이삭〉이 얼마나 훌륭한지 전파하시게 될 겁니다. 그게 왜 싫으시죠?"

진심으로 이해가 안 된다는 듯 야기누마가 물었다.

그 말에 맹렬히 화가 치밀었다.

"―웃기는 소리 마, 나는 키시베 로한이다. 나는 내가 그리고 싶은 것을 그려. 그래서 만화가를 하는 거야!"

"걱정 없습니다. 이제 키시베 선생님은 본인이 진심으로 원해서 〈낙원의 이삭〉의 훌륭함을 전파하게 되실 테니까요."

이야기를 멈춘 야기누마가 우츠로기의 허리께를 두들겼다.

인우로 변한 우츠로기가 끄륵, 하는 소리를 내며 뭔가를 게워낸다.

"그러면 〈낙원의 이삭〉을 드십시오. 당신은 아직 밀이 모자라는 모양이니."

우츠로기의 거대한 입속은 윤기 있게 빛나는 밀 낟알로 가득했다.

"끓이거나 삶는 기술이 발명되기 전, 원시 인류는 단단한 외피에 싸인 곡물에서 영양을 섭취하기 위해 동물을 이용했다고 합니다…"

그것은 소로 변한 우츠로기가 되새김하여 만든 〈낙원의 이삭〉 죽이었다.

"자, 키시베 선생님, 밀을 드십시오. 딱 먹기 알맞게 됐군요."

구역질이 올라왔다. 물론 동물의 경우, 아직 소화 능력이 발달하지 않은 새끼를 위해 어미가 먼저 먹어서 반쯤 소화시킨 다음 게워내어 먹이기도 한다. 그러나 내가 그 죽을 입에 넣는 모습을 상상하니 아찔했다.

"웃기지 마, 절대 안 먹겠어!"

"드셔야 합니다. 아니, 먹어!"

야기누마가 우츠로기를 찰싹 때렸다. 그 거구가 다가온다. 등뒤에는 마을 사람과 가축으로 변한 인간들이 둘러싸고 있다. 도망칠 곳이 없다. 우츠로기가 나를 잡기 위해, 요우를 구속하고 있던 발굽 손을 놓았다. 그 굵은 팔이 다가와 내 팔을 덥석 붙잡는다. 짙은 누린내에 숨이 막힌다.

'우욱… 정말로 먹일 셈인가…?!'

사냥감을 집어삼키듯, 죽이 가득찬 우츠로기의 거대한 입이 눈앞에서 쩍 벌어졌다.

"…윽, 〈헤븐즈——〉."

바로 고쳐진다는 것은 알지만, 한순간이라도 좋으니 틈을 만들기 위해 능력을 발동시키려 했다. 그 순간.

나와 우츠로기 사이에 어린아이가, 요우가 끼어들었다.

그 가녀린 팔을 벌리고, 형체도 없이 변해버린 제 아버지에게 맞선다.

"아빠가… 먹은 건, 나도 먹을 수 있으니까…"

울면서 그렇게 말했다. 있는 힘껏 용기를 쥐어짜듯이.

그 손을 우츠로기의 입속에 집어넣어, 탁한 황금빛으로 반짝이는 〈낙원의 이삭〉 죽을 떠내려 한다.

"그러니까 부탁이야, 아빠, 예전의 아빠로 돌아와…"

요우는 울면서 죽을 입에 넣으려 했다.

"무슨 짓——"

그때 갑자기 우츠로기가 움직였다. 팔을 휘둘러 나를 내던진다. 부딪힌 충격에 요우는 손에 담고 있던 죽을 땅에 쏟아버렸다.

그리고 우츠로기가, 목구멍 깊은 데서 쥐어짜내듯 신음소리를 냈다.

"안… 돼…"

이미 그의 자아는 사라졌을 텐데. 자기가 누구인지, 눈앞의 소녀가 자기 딸인지도 인식 못하고 가축으로 변해버렸을 텐데.

"먹으…면, 안… 돼…"

꿀꺽, 게워냈던 밀을 다시 삼켰다. 딸에게만은 결코 먹이지 않겠다는 듯이.

그는 우츠로기 요우의 아버지만이 할 수 있는 일을 했다.

황급히 달려오는 야기누마를 그 거구로 부딪혀 날려버린다.

그리고 뒤로 돌아선 우츠로기는 뱃속에 들어 있던 것을 세차게 토해냈다. 마치 저금통을 거꾸로 들어 동전을 한꺼번에 쏟아내는 것 같았다. 어마어마한 양의 금가루를 쏟아내듯, 사방에 〈낙원의 이삭〉 낟알이 흩어진다.

그리고 밀을 토해낼수록 우츠로기의 모습이 점차 원래대로 돌아가더니, 마지막으로 뿔이 돋은 인간 정도의 모습에서 멈췄다.

〈낙원의 이삭〉 낟알이 달빛을 받아 백금처럼 푸르스름하게 반짝인다.

그 직후였다. 주위를 둘러싸고 있던 인간 가축들에게 변화가 일어났다.

마을 사람의 제지를 뿌리치고, 우츠로기가 토해낸 밀을 향해 달려들기 시작한 것이다.

모두들 〈낙원의 이삭〉을 한 알이라도 더 모으려고, 먹으려고 요란하게 소리를 지른다.

순식간에 대혼란이 일어났다.

"오우… 요우우…!"

우츠로기가 외쳤다. 그것은 소 울음소리 같기도 했지만, 분명 딸의 이름을 부르고 있었다.

"우츠로기! 자네 딸은 여기 있어!!"

내던져져 땅에 부딪히기 직전에 요우를 감싼 나는 우츠로기를 불렀다. 그 거대한 얼굴이 이쪽을 본다. 아직 인간의 언어를 알아듣는다고 말하기는 어려워 보인다.

하지만 그 거구를 흔들며 다가온 우츠로기가 요우의 작은 몸을 소중히 품에 안았다. 말은 필요 없다. 나는 그의 행동에서 지금의 우츠로기 토시야가 이 아이의 아버지라고 확신했다.

"자네는 아이를 지키고 있어. 내가 돌파구를 열 테니ㅡ"

그리고 그들 앞으로 나섰다.

앞을 막아서는 야기누마의 우락부락한 육체.

"이게 무슨 짓이야… 이 귀한 〈낙원의 이삭〉을 어째서…"

그는 부들부들 떨고 있었다. 마치 무서운 사건을 목격이라도 한 것처럼.

나는 그의 말 따위 무시하고, 스탠드를 발동했다.

"—〈헤븐즈 도어〉! 이 녀석의 진짜 목적을 밝혀야지…!!"

파라락, 하며 야기누마의 몸이 펼쳐지고 페이지가 드러
난다.

지난번보다 더욱 깊이 그 내면을 파고든다.

'토시야의 딸에게 밀 알레르기가 일어났다고 한다. 아이를
돌보기가 너무 힘들어 아내는 집을 나가버렸고, 토시야 혼자
요우를 돌보는 모양이다. 어떻게 하면 내 친구를 도울 수 있
을까…'

"이것은 과거의 기억인가—?"

'…나는 유전자 조작 밀을 개발해왔다. 알레르기가 발생하
지 않도록 여러 가지 신품종을 만들어냈다. 하지만 모두 실
패였다. 근본적인 접근 방법이 잘못됐을지도 모른다. 밀 알레
르기를 치료하는 밀을 만들어낸다는 것이 모순임은 알고 있
다. 하지만 그래도 해보는 수밖에 없다. 토시야는, 요우는 훨
씬 큰 고통을 겪고 있으니까…'

고속으로 야기누마의 기록을 읽는다.

이 남자도 제 나름대로는 진심으로 걱정하며 친구를 도우
려 했던 것이다.

그리고 〈낙원이 이삭〉에 대한 기록을 발견했다.

'…이거라면 가능할지도 모른다. 나는 이 초고대종을 〈낙원의 이삭〉이라고 이름지었다. 이것은 무려 1만 년도 전에, 인류가 처음 만난 밀의 기원종 중 하나로 보인다. 현재의 밀 품종과는 유전자 구조가 상당히 다르며 알레르기도 발생하지 않는다. 아니, 그뿐만이 아니다. 이 초고대종은 이걸 먹은 인간의 육체에 작용하는 힘이 있다. 그렇다— 이 밀을 섭취한 생물은 그 영양을 남김없이 받아들이기 위해 체조직마저 바꾸는 것이다. —이거다, 이 힘이 있으면 밀 알레르기가 일어나는 구조 자체를 개선할 수 있다!'

그 기록의 바로 다음 페이지였다.

'—아니야. 이 초고대 밀은 먹은 생물의 체질을 개선하는 것이 아니다. 자기 지배하에 두기 위해 정신과 육체를 변용시키는 것이다. 자기들을 번식시키는 노예로 바꿔버리는 것이다.'

비명을 지르는 듯한 필치였다.

'나는 큰 실수를 저질렀다. 아득한 고대의 괴물을 현대에 되살리고 만 것이다—'

거기서 기록은 마무리된다.

'아니, 그다음이 더 있어!'

마치 책 페이지를 풀로 붙여 놓은 것처럼 꼭 닫혀 있는 부분이 있었다. 나는 〈헤븐즈 도어〉로 그 숨겨진 페이지를 펼쳤다.

'이 인간은 가축을 길들이고, 먹이고, 그리고 늘리기 위해 사용한다.'

하지만 그 기록을 본 순간 알아차렸다.

"…아니야. 우츠로기 때와 똑같아. 이 기록은 야기누마 본인의 것이 아니다. 또하나, 다른 존재가 이 남자 안에 있다!"

'번식을 위해서는 더 많은 인간이 필요하다.'

'인간은 번영하는 데 빼놓을 수 없는 〈가축〉이다.'

'생존하라.'

'번식하라.'

그 말의 나열에, 그리고 이 마을의 지배자인 줄 알았던 야기누마가 〈낙원의 이삭〉의 정체를 알면서도 그것을 망각하고 번식에 헌신해온 것은──

"〈밀을 기르도록 소명을 받은 것〉──그것은 글자 그대로 사실이었단 말인가. 이 마을을 지배하는 것은 야기누마가 아니라…! 〈낙원의 이삭〉 그 자체였어!"

그렇다, 이 초고대 밀은 자기를 먹은 동물─ 인간을 자기에게 유용한 가축으로 바꿔버리는 작물이었던 것이다.

'─그렇다면 야기누마를 어떻게 한다고 해결될 일이 아니군.'

야기누마가 〈낙원의 이삭〉을 이용해 마을 사람들을 지배하는 거라면 그 하나만 처리하면 문제가 끝난다. 하지만 그렇지 않다. 더욱이 〈헤븐즈 도어〉로 마을 사람들에게 다른 명령을 적어넣는다 해도 〈낙원의 이삭〉이 발휘하는 정신적, 육체적 지배력은 극히 강력해서 추가한 내용을 바로 지워버린다. 그 지배에서 벗어날 방법은 아마 한 가지뿐—— 우츠로기처럼 섭취한 밀을 몸밖으로 배출하는 것이다. 하지만 모두가 제정신으로 돌아올 때까지 기다릴 여유는 없을 듯하다.

"잡아, 그놈들을 잡아. 진실을 알아버린 인간을 잡아서 가축으로 만들어어어어!!"

갑자기 야기누마가 온몸에 꿈틀꿈틀 경련을 일으키는가 싶더니 절규했다.

〈헤븐즈 도어〉의 능력에 〈낙원의 이삭〉이 저항하기 시작한 것이다.

"엄청난 적응력이군. 그만큼 무시무시한 생존 본능인 셈인가——"

야기누마의 절규에 호응하여 밀을 줍던 마을 사람들이 다가온다.

밀 종자를 회수하려는 본능적인 행동과 야기누마를 매개로 내린 〈낙원의 이삭〉 자신의 명령이 충돌을 일으킨 덕분에 포위는 아직 완전하지 않다.

하지만 시간문제다. 밀을 회수하고 나면 그들은 우리를 잡기 위해 몰려들 것이다.

"어떡해요—?"

우츠로기의 품에 안긴 요우가 도움을 청하듯 물었다.

"안심해. 방법은 생각해뒀으니까."

"그럼."

"그래."

나는 끄덕이고, 우츠로기의 거대한 엉덩이를 찰싹 때렸다.

"이럴 땐 삼십육계가 상책이지. 타개할 방법을 생각하기 위해, 일단 도망가자!"

우츠로기는 그것을 신호로 요우를 안은 채 맹렬히 달려나갔다. 그 거구에서 뿜어나오는 돌진력은 살인적인 태클이 되어, 앞을 막아서는 마을 사람들을 차례로 쳐서 날려버린다.

나는 그 뒤에 바짝 붙어서 양팔을 휘두르며 전력 질주한다.

그리고 포위망을 돌파.

밤을 달린다.

7

멀리 산맥이 보인다.

운해가 사라지는 것이다.

이 하늘 위의 마을과 지상을 가르는 두터운 구름이 사라져 날씨도 회복되고 있다.

"—이제 아무 일 없이 하산할 수 있다면 더할 나위 없겠지만."

숨을 헐떡이며 그렇게 중얼거렸다.

눈앞에는 깎아지른 절벽이 가로막고 있다.

도망친 끝에 우리는 밀밭에 와 있었다.

푸르스름한 달빛과 밤바람에 일렁이며, 묵직히 영근 낟알을 단 〈낙원의 이삭〉이 고개를 숙이고 있다.

"괜찮아요? 여기…"

불안한 듯 요우가 중얼거린다.

"이 밀 자체가 나쁜 짓을 하지는 않겠지. 먹지 않는 한 밀은 그냥 밀이야."

만약을 위해 우츠로기에게는 때때로 〈헤븐즈 도어〉를 발동해서 '〈낙원의 이삭〉을 먹고 싶어하지 않는다'고 적는 중인데, 아직까진 느닷없이 밀에 덤벼들거나 하지는 않는다.

나도 밀이삭을 보고 아름답다고 생각은 하지만 미칠 듯한 식욕에 시달리지는 않는다.

주위에 펼쳐진 밀밭은 만악의 근원이라고 할 만하지만, 이 초고대 밀 자체는 악의조차 없다. 그것은 단지 씨앗이 뿌려진 땅에서 살아남기 위해 필사적으로 적응한 결과, 인간이라는, 자기들의 번식에 가장 유용한 상대를 발견한 것에 불과하다.

그 지배력이 너무 강력한 것이 탈이었다. 그것은 분명 1만 년, 또는 그보다 더욱 오랜 옛날, 지금보다 훨씬 살기 어려우며 늘 죽음이 곁에 있었던 시대— 모든 생물이 앞뒤 가리지 않고 오직 생존만을 추구해야 했던 가혹한 환경에 적응한 강인한 생명이었다.

〈낙원의 이삭〉은 어떤 의미에선 현대에 되살아난 공룡 같은 것이다.

그것은 생물로서 너무 강력하여, 자기 외의 식물이나 동물들이 오랜 시간을 들여 이루어낸 조화와 공존의 역사를 걷지 않고 어느 날 갑자기 시간을 뛰어넘어 나타났다.

그래서 단지 생존하려는 것만으로도 이 생물은, 〈낙원의 이삭〉이라는 초고대종은 다른 여러 생물을 희생시키고 마는 것이다.

그렇게 생각하면 슬픈 생물이기도 하다.

"…하지만 우리 인간도 인간 나름의 생활이라는 것이 있으니까."

뒤를 돌아보니 비탈길에서 횃불이 일렁이고 있었다.

결국 따라잡힌 것이다. 가축화된 인간들. 그것은 어쩌면 원시시대 인류의 모습일지도 모른다.

"ㅡ키시베 선생님."

가축 인간들을 앞에서 이끄는 것은 야기누마였다.

"선생님의 재능이면 더 많은 인간을 마을로 불러들일 수 있습니다. 자, 주위에 있는 밀 이삭을 입에 넣으세요. 가축이라고 생각하니 거부감이 생기는 겁니다. 밀이삭은 말하자면 신이고, 우리는 천사입니다. 그것을 받아먹으면 천국에 있는 것처럼 행복해지는 거죠…!"

그는 빙그레 웃는다. 얼굴 근육이 찢어지지 않을까 싶을 정도로 온 얼굴 가득한 미소였다.

초고대 밀의 생존 본능이 그의 육체를 지배하여, 수확을 앞둔 밀이삭을 잡아 뜯는다. 그것을 손으로 훑어, 낟알을 얹은 손바닥을 치켜들었다.

"토시야, 요우… 내가 함께 있을 테니까. 이제 고생할 필요 없어. 안심해도 좋아!"

진심으로 기뻐하는 듯한 목소리였다.

그것은 분명 눈앞의 남자가 진심으로 바라 마지않던 행복한 인생의 모습이었다.

하지만 그것은 환상이다. 꿈을 환각으로 바꾸고 자기들에게 편리하도록 지배하여 이용한다. 살고자 하는 것은 생물의 본능이지만, 그래도 넘어서는 안 될 선이라는 것이 분명히 있다.

"…웃기지 마! 나 키시베 로한이 왜 너희'만'을 위해 만화를 그려야 하지? 가축이 되는 것은 죽어도 사절이다!"

나는 지금 화가 나 있다. 거의 폭발하기 직전이다.

"게다가… 나는 신파극 같은 것은 질색이지만, 사랑하는 아이를 위해 온갖 고생을 해온 그의 '마음'을 짓밟아 노예로 삼는다— 그런 비열한 짓은 참을 수 없어."

야기누마는—그 정신과 육체를 지배한 자들은—소리죽여 웃는다.

"뭐라고 말해도 좋습니다. 어차피 당신들이 도망갈 곳은 없으니까요."

생 낟알을 바드득, 하고 야기누마가 씹는다.

우리에게 아무 대책이 없다고 확신한 것이리라.

확실히, 더이상은 저들을 피해 도망다닐 수 없다.

"그럴까? 너희는 밀을 기르도록 소명을 받았다고 했지? 그러면 이건 어때?"

나는 재빨리 능력을 발동한다.

"〈헤븐즈 도어〉— '마을 사람들아, 네 손으로 밀밭에 불을 질러라'!"

그 명령은 얼마 지나지 않아 저항을 받고 무효화된다.

그러나, 그 한순간이면 충분했다.

밀 이삭에 옮겨붙은 횃불은 건조하고 차가운 바람 속에서 순식간에 세찬 들불로 번져간다.

"그 지배력을 역으로 이용해주지, 〈낙원의 이삭〉."

마을 사람들과 가축화한 마을 사람들이 이쪽에는 곁눈도 주지 않고 불을 끄기 위해 밀밭으로 몰려간다.

일부는 소화용 물을 확보하기 위해 수로를 향해 달려간다. 관개용 수차 출력을 높여 물을 길어올리는 자도 있다.

"…저들은 초고대 밀의 노예가 된 결과, 사고방식이 극히 단순해진 것 같군. 지금 자기들을 위협하는 화재와 우리 중에서 어느 쪽을 우선할지는 명백해."

"아, 아아, 밀… 우리가— 제길, 너희들을 놓치지 않겠다… 불이——"

마을 사람들을 관리하는 야기누마가 어느 쪽을 우선해야 할지 갈팡질팡한다.

나와 우츠로기 부녀는 야기누마 옆을 지나간다.

"—너희들도 인간에게 경의를 요구하고 싶다면 우선 너희가 먼저 인간에게 경의를 표했어야 했어. 그게 너희 외의 밀이 인류와 함께 생존한 이유이자, 너희들이 절멸한 이유인 거지."

야기누마의 손이 우리를 향해 뻗어왔다. 하지만 그 발은 활활 타오르는 밀밭의 불을 끄기 위해 멋대로 달려간다.

"…미안하지만 우츠로기, 여기서부터는 자네 힘을 빌려야 겠어. 무사히 산 아래로 돌아가면 식사 한 끼 대접할 테니까."

그리고 나는 야기누마에게서 빼앗은 횃불을 들고, 요우와 함께 우츠로기의 거구에 올라탔다.

우츠로기는 우리를 업고 밀밭을 벗어나, 마을을 지나, 산을 내려간다.

8

—'가축화domesticate'라는 단어는 라틴어의 '집domus'이 어원이라고 한다. 그런데 집에서 사는 것은 누구일까? 물론 인간이다.

〈낙원의 이삭〉을 재배하는 마을에서 화재가 발생해 밀밭이 전소. 종자도 남김없이 타버려서 마을 사람들은 재배를 단념할 수밖에 없게 됐는데, 처음에는 하산을 거부했다.

그러나 지방자치단체나 구조대의 설득 끝에 전원이 구조에 합의했다. 그들은 가벼운 영양실조였지만 병원으로 후송되어 현재 회복하고 있다.

"긴 꿈을 꾼 것 같은 기분이에요. 마을에 있었던 무렵의 기억이 또렷하지 않습니다…"

그렇게 대답한 것은 마을 대표로 소개된 야기누마였다.

나는 모리오초에 있는 레스토랑에 앉아 약속 상대를 기다리며 신문을 읽고 있다.

〈낙원의 이삭〉을 둘러싼 사건에서 이미 한 달 가까이 지났다. 그동안 그 마을이 있는 지방 신문을 포함하여 모든 언론을 빠짐없이 체크했다.

적어도 기사로 보기에는 그 초고대 밀은 완전히 소실된 듯했다. 〈낙원의 이삭〉을 먹지 못하게 되자 지배당하고 있던 마을 사람들도 제정신을 차린 모양이다.

소로 변했던 우츠로기는 내가 마련한 은신처에서 딸 요우와 함께 숨어 지내며 몸을 원래대로 되돌리는 치료를 받았다.

그리고 회복한 우츠로기에게서 기획을 재검토하고 싶다는 연락을 받고 이 프렌치 레스토랑을 미팅 장소로 정했다.

"이번에는 내가 살 테니 마음껏 먹게. 예약을 잡기가 엄~ 청나게 힘들었으니까. 잘 이해하고 맛을 봐야 해."

그렇게 다짐했지만 우츠로기는 대낮부터 풀코스에 단품요리까지 추가로 주문하는 등, 전혀 사양하는 기색이 없었다.

"그나저나 미식 만화 취재를 갔다가 식중독에 걸리다니. 앞으로는 음식을 좀더 조심해서 먹어야겠어요."

가축으로 변했던 기억은 애매했고, 마을에서 일어난 이변도 기억나지 않는 모양이었다.

"아 참, 야기누마도 곧 퇴원할 수 있다니 다행이지 뭡니까."

"그 사람도 무사히 회복된 모양이군."

내가 그렇게 말할 때 요우와 시선이 마주쳤다.

요우는 〈낙원의 이삭〉을 한 입도 먹지 않았다. 당연히 무슨 일이 있었는지도 기억하고 있다. 하지만 그것을 입 밖에 낸 기색은 없었다.

"―응. 다음에 아빠랑 아저씨랑 같이 밥 먹으러 갈 거예요."

"그래? 그거 잘됐구나."

서로 미소를 나누었다.

"어? 어느새 둘이 그렇게 친해졌어요? 과연 로한 선생님이셔."

우츠로기가 싱글벙글 웃으며 차례차례 요리를 나눠준다. 그가 먹는 양에 나도 장단을 맞추다보니 배가 가득 불러왔다.

"…그런데 아무래도 너무 먹는 것 아닌가?"

"먼저 제가 맛을 봐야 해서요, 저희 딸도 전보다 먹는 양이 늘어서…"

다음 요리를 먹으려는 요우를 보며 우츠로기의 얼굴이 기쁜 듯 풀어진다.

"최근에 전문의와 상의했거든요. 알레르기를 유발하는 음식을 완전히 차단하지 말고, 아주 조금씩 일부러 먹어서 익숙해지도록 하는 치료법을 시작했습니다."

"그런 모양이군. —먹는 건 즐겁니?"

"…응. 먹는 건 참 즐거워요."

내가 묻자 요우가 고개를 끄덕였다.

"—그런데, 그 컬래버레이션 작업 말이야."

그리고 나는 식사를 하며 일 이야기를 꺼냈다.

"그후로 여러 가지로 조사해봤는데, 인류의 곡물 재배—
즉 농경혁명이란, 사실은 곡물이 번식을 위해 인류를 이용했
다는 견해도 있는 모양이더군."

"즉… 밀이 인간을 조종했다는 말씀입니까?"

설마, 하고 우츠로기가 말했다. 하긴 기억을 못하니 어쩔
수 없지만.

그 초고대 밀이 자기 생존을 위해 인간을 가축으로 바꾼
것은 어쩌면 특수한 예가 아니라, 다른 품종의 밀 또한— 아
니, 아득한 고대의 원시세계에서는 여러 식물들이 인류에게
같은 방법을 써서 재배 작물의 길을 열었는지도 모른다.

"즉 1만년 이상 옛날— 인류는 밀에 의해 가축화되어 농
경을 시작하게 됐을지도 모른다는 말이야. 그래서 '처음으로
인류가 밀을 입에 넣은 순간'을 호러 장르로 그려볼까 하는
데, 어떨까?"

나는 준비해둔 콘티를 가방에서 꺼내 우츠로기에게 건

넀다.

거기 그려져 있는 것은 우리가 그 마을에서 경험한 사건을 바탕으로 하고 있다.

콘티를 받은 우츠로기는 식사하던 손을 멈추고 끝까지 푹 빠져서 읽었다.

"굉장해요! 이걸 그려주시는 겁니까?"

"그럼, 물론이지." 나는 이제는 사라지고 없는 고대의 존재를 떠올린다.

"―그만한 소재를 그냥 둘 수는 없으니까."

"좋았어! 그럼 오늘은 축배를 들어야겠군요! 뭘 좀더 시킵시다!"

"아니, 또 주문하겠다고…?"

나는 쓴웃음을 지으며 끝없는 연회를 즐겼다.

그리고 새 요리가 나왔을 때 셰프가 함께 나타났다.

하도 주문을 많이 하니 직접 인사를 하러 온 것이다.

"손님, 저희 레스토랑을 이용해주신 데 대한 감사의 뜻으로 드리는 서비스입니다. ―요즘 요리계에서 새로운 식재료로 떠오른 귀중한 신품종 밀 〈낙원의 이삭〉으로 만든 바게트인데요. 한번 맛보십시오. ―한 입만 먹어도 맛의 노예가 될 겁니다."

그리고 셰프는 풍미 좋게 잘 익은 빵을 한 바구니 건넨다.

"—말도 안 돼, 소멸한 게 아니었나?"

내가 전율하는 가운데 우츠로기가 바게트를 집어 입으로 가져가려다가,

"…으음, 뭘까요? 이거 어쩐지, 먹으면 안 될 듯한 느낌이…"

그대로 손을 멈추고 일단 바구니에 도로 놓았다.

빵을 응시한다. 그저 이름만 같고 안전한 품종일지도 모른다. 하지만 만약 종자가 바람을 타고 날아가서, 다른 지역에서도 번식했다면——

"—아빠, 나 먹어봐도 돼?"

사태를 잘 이해 못했는지, 요우가 빵에 손을 뻗는다.

""아, 안 돼애애애!!""

저도 모르게 나와 우츠로기는 동시에 소리를 지르고 바구니를 들어올린 채 얼굴을 마주봤다.

"…자, 우선 자네가 먹어봐!"

"아니아니! 선생님 먼저 드시죠!"

언제까지고 옥신각신은 멈추지 않았다.

아라키 히로히코 Hirohiko Araki

1960년생. 『무장 포커』로 제20회 데즈카오사무상에 준입선하며, 같은 작품으로 『주간 소년 점프』에서 데뷔했다.

1987년부터 연재를 시작한 『죠죠의 기묘한 모험』은 압도적인 인기를 자랑하고 있다.

키타구니 발라드 Ballad Kitaguni

홋카이도 거주. 제13회 슈퍼 대시 소설 신인상 우수상 수상.

대표작으로 『애프리코트 레드』 『우리들은 리얼충이라서 오타쿠스러운 과거 따위 없습니다(순 거짓말)』 등이 있으며, 좋아하는 스탠드는 튜블러 벨즈이다.

미야모토 미레이 Mirei Miyamoto

'존초'라는 이름으로 좀비 게임 실황자로 활동하면서, 점프 소설 신인상 '14 Summer 캐릭터 소설부문 금상을 수상했다.

대표작으로 『마루노우치 OF THE DEAD』 『농사짓는 좀비 님』이 있으며, 좋아하는 스탠드는 림프 비즈킷이다.

요시가미 료 Ryo Yoshigami

2013년 『판처 크라운 페이시스』 시리즈로 데뷔.

대표작으로 『생존 도박』 『PSYCHO-PASS GENESIS』 시리즈가 있다.

SF 장르를 중심으로 소설과 각본 등 다방면의 미디어에서 활약중이며, 좋아하는 스탠드는 필 잼이다.

옮긴이 서현아

고등학교 시절부터 일본 만화에 심취하여 현재 만화 전문 번역가로 활동하고 있다. 옮긴 책으로는 『배가본드』 『미스터 초밥왕』 『기생수』 『20세기 소년』 『강철의 연금술사』 『삼월의 라이온』 『일곱 개의 대죄』 『루브르의 고양이』 『투명한 요람』 외 다수가 있다.

HEAVEN'S GATE

키시베 로한은 장난치지 않는다

© 2018 by Ballad Kitaguni, Mirei Miyamoto, Ryo Yoshigami
/LUCKY LAND COMMUNICATIONS

초판 인쇄 2023년 9월 13일
초판 발행 2023년 9월 20일

지은이 키타구니 발라드, 미야모토 미레이, 요시가미 료
original concept 아라키 히로히코

책임편집 이보은
편집 김지애 김지아 김해인 조시은
디자인 이현정
마케팅 정민호 서지화 한민아 이민경 안남영 왕지경 황승현 김혜원 김하연
브랜딩 함유지 함근아 고보미 박민재 김희숙 정승민 배진성
제작 강신은 김동욱 이순호

펴낸곳 (주)문학동네
펴낸이 김소영
출판등록 1993년 10월 22일 제2003-000045호
주소 10881 경기도 파주시 회동길 210
전자우편 comics@munhak.com
대표전화 031-955-8888 **팩스** 031-955-8855
문의전화 031-955-3576(마케팅) 031-955-2677(편집)

ISBN 978-89-546-9502-2 03830

인스타그램 @mundongcomics
카페 cafe.naver.com/mundongcomics
트위터 @mundongcomics
페이스북 facebook.com/mundongcomics
북클럽문학동네 bookclubmunhak.com

• 이 책의 판권은 지은이와 (주)문학동네에 있습니다.
이 책 내용의 전부 또는 일부를 재사용하려면 반드시 양쪽의 서면 동의를 받아야 합니다.
• 잘못된 책은 구입하신 서점에서 교환해드립니다.
기타 교환 문의 031-955-2661 | 031-955-3580

www.munhak.com